小嗝嗝·何倫德斯·黑線鱈三世這輩子經歷過無數次冒險，但和滅絕龍相遇絕對是最驚險刺激的一次。

等一下，他怎麼會遇到這麼危險的生物呢？

這是因為熔岩粗人島上，**滿滿的都是滅絕龍**，火山即將爆發，不像英雄的小英雄小嗝嗝、他的好朋友魚腳司，以及前英雄超自命不凡得展開阻止火山爆發大冒險。等待他們的不只有巨龍與火山，小嗝嗝的**死對頭**也等著前來**報仇**！

和小嗝嗝一起展開冒險吧

（雖然他還沒發現自己已經開始冒險了……）

失落的王之寶物預言

「龍族時日即將到來，

只有王能拯救你們。

偉大的王將是英雄中的英雄。

集齊失落的王之寶物者，將成為君王。

無牙的龍、我第二好的劍、

我的羅馬盾牌、

來自不存在之境的箭矢、

心之石、萬能鑰匙、

滴答物、王座、王冠。

最珍貴的第十樣，

是能拯救人類的龍族寶石。」

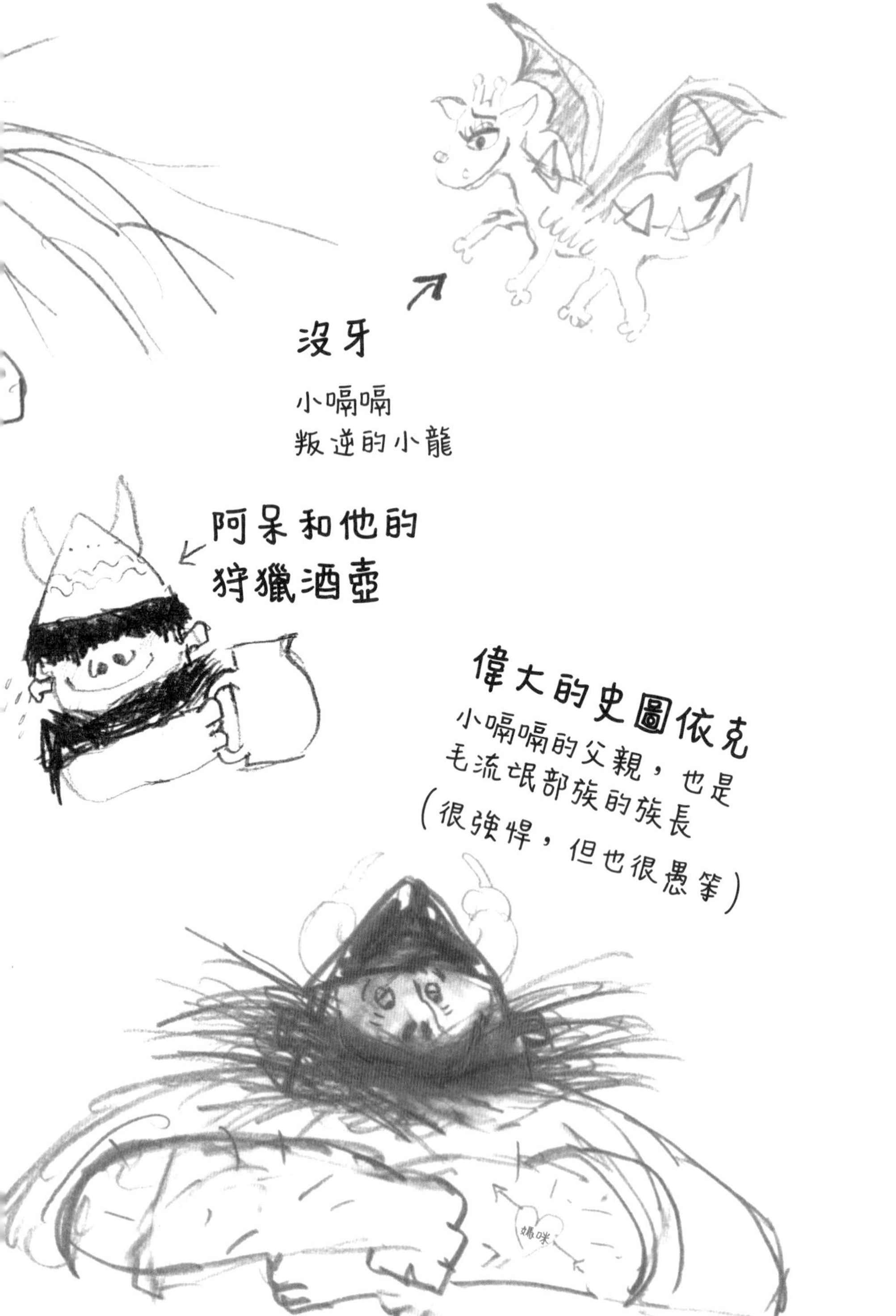

沒牙
小嗝嗝
叛逆的小龍
阿呆和他的
狩獵酒壺
偉大的史圖依克
小嗝嗝的父親，也是
毛流氓部族的族長
（很強悍，但也很愚笨）
娜咪

小嗝嗝

神楓

鼻涕臉鼻涕粗

小嗝嗝的好朋友
魚腳司

特別感謝安德莉亞・瑪拉斯科瓦與萊蒂特・寇瑪。

過去是我們無法造訪的國度，如果我說過去的世界有龍，還有人騎在牠們背上，又有哪個去過過去的活人，能證明我說得不對？

HOW TO TRAIN YOUR DRAGON

馴龍高手 V

‧減絕龍與火焰石‧

How To Twist A Dragon's Tale

克瑞希達‧科威爾

Cressida Cowell

目錄

島地圖
最炎熱的夏季
博克島面臨威脅
到底要怎麼阻止
火山爆發？

蠻荒

現在是100 年來

洞中老翁

惡兆頻頻出現
火山已甦醒
滅絕龍一一孵化，飛過一位老翁的夢境
老翁認為一切錯在自己，因此立下緘默誓言
為表深切懺悔
他躲進深不見底的洞穴
以免像從前一樣
干涉命運的走向
待一切塵埃落定，才會再度出現
——若有塵埃落定的一天
否則
他將再也不發言。

（火山已甦醒）

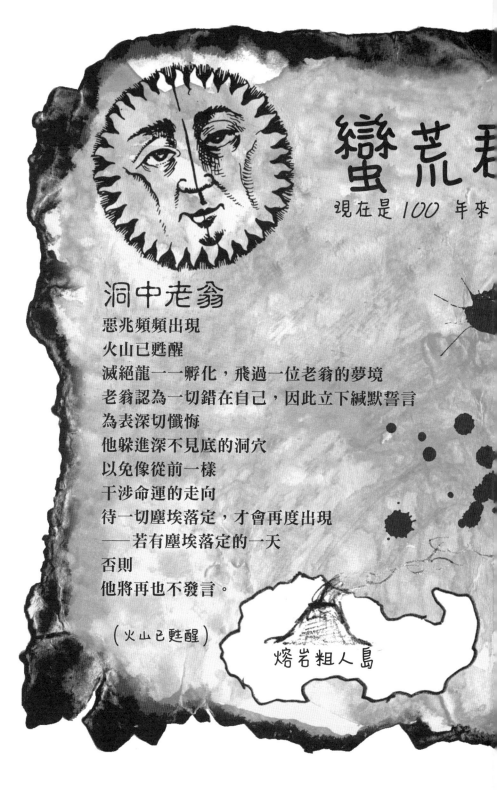

最後的維京英雄小嗝嗝．何倫德斯．黑線鱈三世的前言

在我小時候，世界上還有英雄。

現在我已經很老、很老，白髮蒼蒼，皺紋布滿臉龐，我的孩提時代彷彿是很久、很久以前的事了。

所以我說故事時會把從前的自己當成別人，畢竟過去的我離現在太過遙遠，對我而言幾乎是個陌生人。

十一歲那年，我踏上此生最危險的冒險之一——阻止火山爆發大冒險。我遇到了一名英雄，這就是我們相遇的故事。

他是個非常偉大的男人，但他不想再當「英雄」了……

我是困在蛋裡的滅絕龍，我無法弄破透明的蛋殼，過去十五年，我不停用爪子抓蛋殼，望著我恨不得**焚毀**的世界。

隨著時間過去，我的怒火一直燜燒、燉煮、沸騰，現在已經**火冒三丈**

第一章　騎龍趕馴鹿課程

小嗝嗝・何倫德斯・黑線鱈三世永遠忘不了與滅絕龍初次相遇的那天。

他怎麼可能忘得了？

在他目前為止還很短、卻充滿精采冒險的人生中，那可是最恐怖、最駭人的經歷之一。

他坐在逐漸縮小的火圈中間，找不到可以逃生的出口。可怕的豹形身影在火中潛行，一步步逼近，滅絕龍們將爪子磨利，同時準備飛撲——

等一下。

我還是從頭說起吧。

事情發生在一個炎熱的八月，維京地界八月會這麼熱實在很奇怪，因為這裡即使到了夏天還是又溼又涼，但今年隨著夏日一天天過去，溫度只有越升越高。小嗝嗝的外公老阿皺反覆地說，這場出人意料的熱浪是可怕的末日惡兆，西方有種新的恐怖龍種甦醒了，不久後便會帶來惡火與毀滅……

不幸的是，沒有人把老阿皺的話當真，因為他不太擅長預知未來。

這一天，豔陽無情地曝晒平時溼答答的博克島，它似乎迷路了，把蠻荒群島當成非洲在晒。

天上連一朵雲也沒有（更別

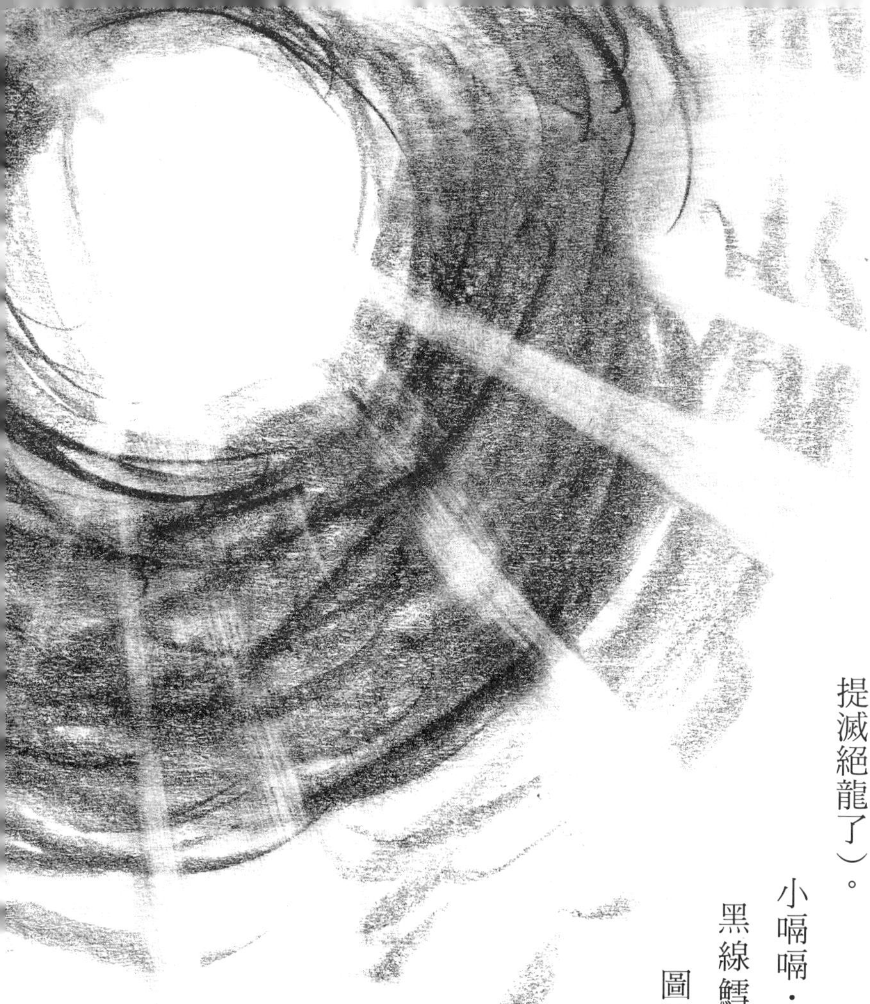

提滅絕龍了）。

小嗝嗝·何倫德斯·黑線鱈三世——偉大的史圖依克族長的獨子——正在參加博克島的毛流氓海盜訓練課程。

這是個特別悶熱的夏日，所有人都想躺在樹蔭下喘氣、喝下好幾個牛角的涼水，但在打嗝戈伯老師眼

裡，今天**非常**適合上騎龍趕馴鹿課。不好意思，小嗝嗝完全不贊同打嗝戈伯的課程安排。

不過打嗝戈伯不打算徵求小嗝嗝的同意。

打嗝戈伯是個身高六呎半、提著戰斧到處跑的瘋子，沒有人想和這種老師頂嘴。

於是，參與海盜訓練課程的十二個學生，只能排成熱得要命、要死不活的一

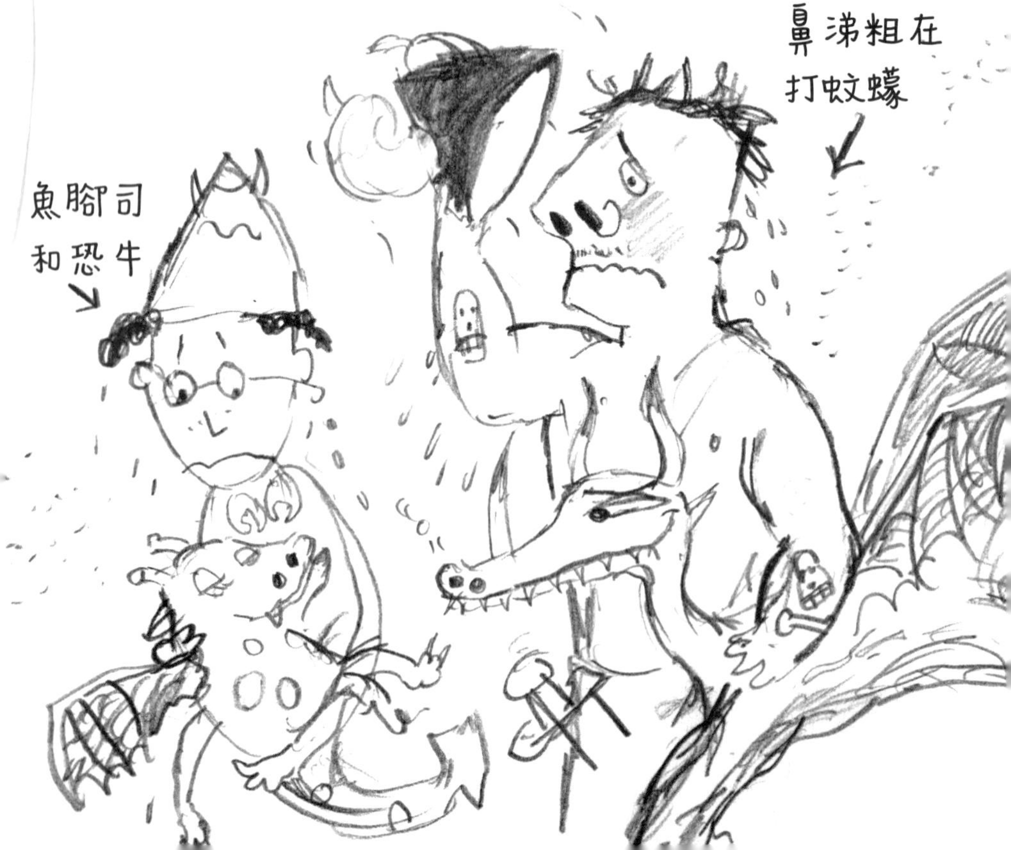

蚊蠓形成的雲

排，邊拍打在溼悶空氣中成群飛舞的蚊蠓，一邊拖著腳步爬上大山丘。

其中一個學生是小嗝嗝・何倫德斯・黑線鱈三世，你聽我這麼說可能會很驚訝，但他其實是這則故事裡的小英雄。小嗝嗝長得很普通，頂著一頭不管怎麼梳都會直直翹起來的鮮豔紅髮，看上去也不像個英雄。

還有一個學生是小嗝嗝的好朋友魚腳司，他是海盜訓練課程中**唯一**比小嗝嗝還不擅長當維京人的男孩。魚腳司罹患氣喘、溼疹、近視眼、扁平足、X形腿，他對爬蟲動物、石楠與動物毛髮過敏，而且不會游泳。他長得很像戴眼鏡的花豆。

他們有個叫鼻涕臉鼻涕粗的同學，如果你喜歡身上有骷髏頭刺青、愛霸凌任何會動又比自己弱小的生物，而且又很討人厭的少年，那你應該會喜歡他。

另一個同學是小悍夫那特，如果你喜歡滿臉痘痘、愛挖鼻孔，睡覺時把斧頭放在枕頭下的小流氓，你應該會很想見見他。

當然，還有全班最高大、最會流汗又最臭的同學——無腦狗臭。狗臭和戴著頭盔的豬差不多優雅、有魅力。

這群滿身痘痘與腫包、很討人厭的維京男孩站在山丘上，聽戈伯一如往常地開心吼叫。

「**好！**」戈伯喊道。他比龍蝦還紅的臉頰一直流汗，汗水滴到大鬍子裡，讓鬍子變得比熱帶雨林還溼悶，軟趴趴地垂在下巴下。「**你們都帶狩獵龍出門了吧？**」

每個人都帶狩獵龍出門了，唯一的例外是阿呆，他真的笨到沒有保母就不該出門，戈伯叫全班帶狩獵龍來上課，他卻帶了狩獵「酒壺」來。

總之，其他人都帶狩獵龍來上課了。

大部分的狩獵龍都不想來執行任務，牠們表情和自家主人一

樣難看，每隻龍吐著分岔的舌頭喘氣，甩著尾巴驅趕蚊蠅。

鼻涕粗的龍叫火蟲，長得有點像火紅色羅威那犬，卻有張傲慢的鱷魚臉。此時，火蟲正蜷在鼻涕粗腳邊，思考如果跑去咬戈伯毛茸茸的大屁股，會不會挨罵。

如果牠咬得夠用力的話，說不定戈伯會被送去保健小屋，大家就不用上課了……

牠心不甘情不願地得到結論：要是咬了老師，應該會被罵得很慘。

魚腳司的龍叫恐牛，牠是全村唯一一隻吃素的狩獵龍。恐牛剛才被魚腳司抱著，在爬山時睡著了，現在魚腳司只能扶著牠的頭，讓牠看起來像在認真聽講，因為戈伯認為學生上課時就該醒著，如果有人或龍睡著，就一定會發飆。

其他的龍都趴在主人腳邊，或軟趴趴地飛在主人頭上，滿心希望自己不用待在這地方。

小嗝嗝的狩獵龍——沒牙——是全班最小的龍，牠是隻鮮綠色的普通花園龍，體型和叛逆的臘腸犬或傑克羅素㹴犬差不多。

全班只有牠和戈伯一樣興奮，對接下來這場冒險懷有熱情。

沒牙不耐地在小嗝嗝的背心鑽進鑽出，牠爬上小嗝嗝的上衣，小爪子搔得小嗝嗝肚子很癢，又從領口爬出來，竄到小嗝嗝頭頂。牠站在小嗝嗝的頭盔上，展翅發出興奮的短促叫聲，接著沿著小嗝嗝的身體爬了下來。

「要開、開、開始了沒？我們要開、開、開始了嗎？」沒牙嘰嘰喳喳吵個沒完。「什麼時候才要開始啊？還有幾、幾、幾分鐘？沒、沒、沒牙可、可、可以先去嗎？我！我！選──我！」

「沒牙，冷靜點。」沒牙往下爬時不小心用爪子戳了小嗝嗝鼻孔一下，小嗝嗝不得不回答牠。「我們才剛到耶。」（註1）

「**小鬼們，聽著！**」戈伯大吼。「趕馴鹿群就跟趕羊群一樣，只是馴鹿比較

註1　毛流氓村裡，只有小嗝嗝聽得懂龍族交談用的龍語。

大而已。」

阿呆舉手。

「**哪一個**比較大？」阿呆問。

「圓圓軟軟的那種是羊，比較大隻、頭上有尖銳物品的是馴鹿。」魚腳司友善地解釋。

「謝謝魚腳司的發言。」戈伯說。「趕馴鹿群的時候，你們要用狩獵龍把脫隊的馴鹿趕回去。趁這個機會，可以複習你們在趕羊課學到的技能。」

「我實在不曉得沒用的小嗝嗝要怎麼當毛流氓部族的族長，」鼻涕粗冷笑著說。「上次上趕羊課的時候，他連自己那隻小不點微生物龍都控制不了，怎麼可能當族長？」

上次沒牙完全失控，自己一隻龍**猛衝**向羊群，把羊群一路追到龍馬桶裡（牠說牠不是故意的，但小嗝嗝強烈懷疑牠說謊）。

他們花了四十五分鐘才把羊群從馬桶救出來，即使過了四個星期，那群羊

還是臭得不得了。

「不過主要在趕馴鹿群的，」戈伯接著說。「是**你們**。你們要騎著自己的『馱龍』去趕馴鹿……」

「沒牙抓到馴鹿可、可、可以把牠們『吃掉』嗎？」沒牙尖呼。

「沒牙，誰都不准吃馴鹿！」小嗝嗝悄聲說。「而且我們不是要抓牠們，是要『趕』牠們，懂嗎？我們要把馴鹿群引導到正確的方向。」

「喔。」沒牙非常失望。

「……你們都沒有騎過龍，」戈伯大聲說。「待會就會發現，騎龍術比你們想像得還要難。所以，今天要騎的是**還沒長大**的龍，牠們沒力氣載你們飛上天。」

「**老師……**」鼻涕粗哀聲說。「我們今天不是要學**飛**嗎？」

「你們要先學會騎龍，」戈伯說。「等以後——**很久以**

後——再學飛行。鼻涕粗，你要是從飛行中的龍背上摔下來，就會變成維京人『肉餅』，你要我怎麼跟你父親解釋？」

「沒、沒、沒牙可以吃一隻很小的馴鹿嗎？」沒牙委屈地問。

「不行。」小嗝嗝小聲回答。

「所以，我們要『騎著』馱龍『安靜地』接近馴鹿群——狗臭，不可以放屁——然後**小心地**包圍牠們，試著把馴鹿群趕回毛流氓村。有人有問題嗎？阿呆，你有什麼問題？」

「圓圓軟軟的是哪一個？」阿呆問。

戈伯嘆了口氣。

「阿呆，圓圓軟軟的是羊，是『羊』。好了，我們這就去騎龍。待會你們就會發現，這些馱龍很有活力，牠們就在那邊——**馱龍跑去哪了？**」戈伯惱怒地問。「牠們應該要跟著我們才對啊。」

「老師，他們好像在那邊。」魚腳司指向不遠處一棵長得歪七扭八的小樹。

馱龍們看上去一點活力也沒有，牠們把頭擱在腳掌上，趴在陰影處，一條條分岔的舌頭伸出嘴巴。

戈伯大步走過去，拍著手大喊：「**還不快起來！我的老索爾啊，你們應該要很可怕才對啊！**」

馱龍們爬了起來，心不甘情不願地踩著乾枯的石楠走向自己的主人，像極了心情鬱悶的獅群。這時，小嗝嗝看到真的很可怕的東西。

也許，今天會發生什麼出人意料的事。

剛才馱龍們乘涼用的那棵樹，不知何時被烈火噴得又焦又枯、化為黑炭。小樹附近到處是焦痕，小嗝嗝走近一看，驚恐地發現後方整片山坡都被燒成了灰燼，變作灰黑沙漠。

山坡上曾長滿隨風搖曳的石楠叢，到處是蝴蝶、蚱蜢與嗡嗡飛行的奈米龍，現在整片山坡卻只剩灰白相間的草灰。

無論太陽多麼猛烈，都無法讓山坡變成這樣，能如此摧毀動植物的只有一樣東西。

火焰。

第二章　滅絕龍

小嗝嗝用力吞了口口水。

「天啊天啊天啊天啊**天啊**，」他喃喃自語。「是**什麼東西**把土地弄成這樣的？」

龍族噴火時通常很小心，牠們會用龍火來戰鬥或狩獵，卻絕不會燒毀一整片山坡。這是養育牠們、提供食物與棲息地的土地，把棲息地燒毀對牠們一點好處也沒有。

會這樣大肆破壞環境的，只可能是小嗝嗝前所未見的「猛惡種」龍族。

這種龍一定非常危險。

「呃，老師，」小嗝嗝說，「您看這邊……我覺得這裡發生過龍火。」

「龍火？什麼海鷗大便，別胡說八道了！」打嗝戈伯扠腰走過來看，對小嗝嗝嗤笑一聲。「這是夏季落雷造成的。」

「最近沒有暴風雨啊。」小嗝嗝說。「而且，」他在布滿灰燼的地上跪下。「灰燼帶有一點綠色，這絕對是猛惡龍種造成的。」

「**謝謝你啊**，小嗝嗝，」戈伯諷刺地說。「謝謝你幫我授課，可是我才是老師。**回去排隊！**」

小嗝嗝回去排隊。

鼻涕粗看到小嗝嗝被罵，壞笑了一聲。

「再怎麼猛惡的龍也不敢攻擊我們毛流氓部族鎮守的博克島。天底下沒有**這麼誇張**、**這麼荒謬**、**這麼可笑**的事。」戈伯大吼。「還不快騎上你們的馱龍！**快，快，快！**」

疣阿豬爬上他的沼虎。全班最好的馱龍屬於鼻涕臉鼻涕粗，他騎的是一隻

看起來很厲害、一臉邪惡的惡魔僧。

小悍夫那特騎的是隻體側有加速線條的火箭撕龍。

「老師，沒用的小嗝嗝跟他那個廢物魚腳朋友好丟臉喔。」鼻涕粗譏諷道。「你看他們，騎那麼可笑的馱龍！根本是我們部族的恥辱。」

魚腳司和小嗝嗝的馱龍最不威風，魚腳司騎的是隻醜陋、脾氣又壞的小水痘龍，牠胖得肚子幾乎垂到地面。小嗝嗝騎的則是隻眼神瘋狂的跛腳風行龍。

身為族長的兒子，數天前和全班去龍廄選馱龍時，小嗝嗝有優先選坐騎的資格。他完全可以選那隻全身肌肉糾結、閃亮又搶眼，以後註定會長得雄糾糾、氣昂昂的惡魔僧，也就是現在鼻涕粗得意地騎著的那條龍。

但小嗝嗝卻注意到這隻緊張兮兮、可憐巴巴的小風行龍。

他知道沒有人會選牠。

小嗝嗝總覺得這隻焦慮地瘸腿晃來晃去的龍，一定經歷過什麼不好的事，牠腿上還留有清晰的鐐銬印記。

「如果我是你，就不會選那隻。」管理龍廄的沒腦袋阿笨對小嗝嗝說。「牠是我們上次去突襲維西暴徒部族領土時抓到的，牠當時卡在樹上下不來，我們猜牠是從熔岩粗人部族的金礦場逃出來的。逃亡龍不適合用來當馱龍，應該把牠一棒敲死，才是最仁慈的做法……」

於是，小嗝嗝選了那隻跛腳的風行龍。

魚腳司和小嗝嗝都不相信火災是落雷造成的，但戈伯現在沒心情跟他們辯論，他們也知道爭辯沒有用。兩個男孩無奈地騎上自己的馱龍。

魚腳司的水痘龍氣憤地噴氣，用前腳扒抓地面，魚腳司才剛騎上去就被甩掉。

「好棒喔。」魚腳司愁眉苦臉。他爬回龍背上，結果發生了一模一樣的事，只不過這次水痘龍甩得更快。「看樣子我會很喜歡騎龍……」

「我會騎我自己的馱龍帶隊。」戈伯喊道。

戈伯的馱龍是頭長滿疣的大牛壯龍，名叫歌利亞。（註2）

戈伯重重騎上龍背時，歌利亞皺起了臉。

「雷神索爾的胸毛啊……」歌利亞咕噥。「他的屁股比上星期還肥，載著他還能起飛根本就是奇蹟了……」

註2　歌利亞（Goliath）是《聖經》中與大衛王戰鬥的巨人。

「**去啊！**」戈伯高呼一聲，大腿一夾，驅使歌利亞前進。

騎龍趕馴鹿隊走在被燒毀的石楠叢中，戈伯熱情地吆喝著騎在最前頭，其他人則用比較悠閒的速度跟在他後方。

小嗝嗝的風行龍不想跟著隊伍走。

牠全身發抖，時不時抬頭望向天空。

不知為何，這隻風行龍似乎失去了說話的能力，所以小嗝嗝無法問牠為什麼這麼緊張。

「沒事的，沒事的。」小嗝嗝的心不停往下沉，仍開口安慰風行龍。「你怎麼了？今天天氣這麼好，你怎麼怕成這樣？」

風行龍不能說話，但牠顯然非常害怕「某個東

西」。

「快、快、快點啦！」沒牙氣急敗壞地說。牠這隻龍不怎麼體貼。「其他人跟龍都、都、都要贏了啦！」

「沒牙，『不會』有人贏的。」小嗝嗝邊回應沒牙，邊耐心地試圖說服風行龍歸隊。「趕馴鹿群又不是比賽，沒有人會贏。」

「好吧。沒牙稍微嚇嚇那些馴鹿……讓、讓、讓牠們繼續跑……」沒牙說。

大約過了一個小時，騎著歌利亞飛在空中的戈伯遠遠望見馴鹿群，牠們正

靜靜地吃著石楠。

他立即往回飛，來到騎著馱龍拖拖拉拉前行的學生隊伍。

「大家安靜，我看到馴鹿群了。」戈伯小聲說。「我們要放輕鬆，排好隊型，如果嚇到牠們，馴鹿群分散就不好了。特別是小嗝嗝，我要你控制好沒牙，別讓馴鹿群也被趕進馬桶。」

「報告老師，我知道了。沒牙，你聽到沒有？」小嗝嗝嚴肅地小聲說。「你等下會保持鎮靜，對不對？」

沒牙在小嗝嗝肩膀上走來走去，非常認真地深深望進小嗝嗝的雙眼。牠興奮地連連點頭。「喔喔喔，是，是，是，沒、沒、沒牙會非、非、非常鎮靜。是的。」

小嗝嗝眨了眨眼，龍的眼睛有催眠功能，他被沒牙看得有點頭暈。「你保證？」他小聲問。

「沒、沒、沒牙保證，沒牙交叉爪子保證不食言……」牠用分岔的小舌頭舔了舔小嗝嗝鼻頭。

話雖如此，小嗝嗝還是緊緊抓住小龍。

說實話，沒牙的確有**試著**遵守諾言，牠背對前方坐在小嗝嗝肩膀上，免得看到馴鹿群時太過興奮；牠還哼起歌，努力想些馴鹿「以外」的東西，像是老鼠、魚、有偶數蹄的有趣動物之類的……**糟糕**……牠又想到馴鹿了。

男孩們讓馱龍減速，狩獵龍則飛在他們後方不遠的空中。

「這些羊頭上有尖尖的小東西耶。」阿呆指出。

「唉呀我的老索爾啊……阿呆，那是因為這些『羊』是**馴鹿**。大家慢慢前進……不要有太大的動作……魚腳司，你就不能試著坐正嗎……我們要**非常**、**非常安靜**……」

沒牙忍不住了……牠偷偷回頭看一眼，

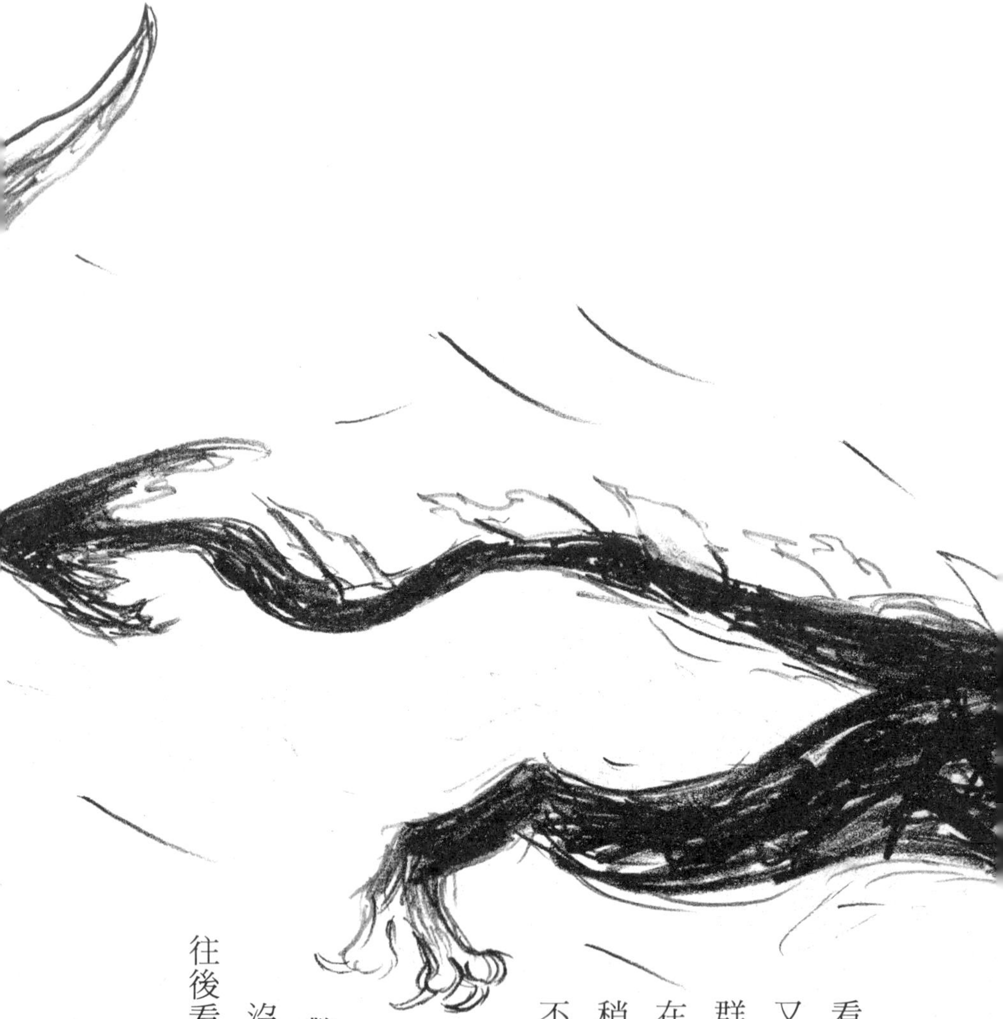

看到又大又胖又有趣的馴鹿群……正呆呆站在那邊……沒牙稍微嚇嚇牠們，不知道會發生什麼事……？

「沒牙。」小嗝嗝小聲警告。

沒牙連忙轉回去往後看。

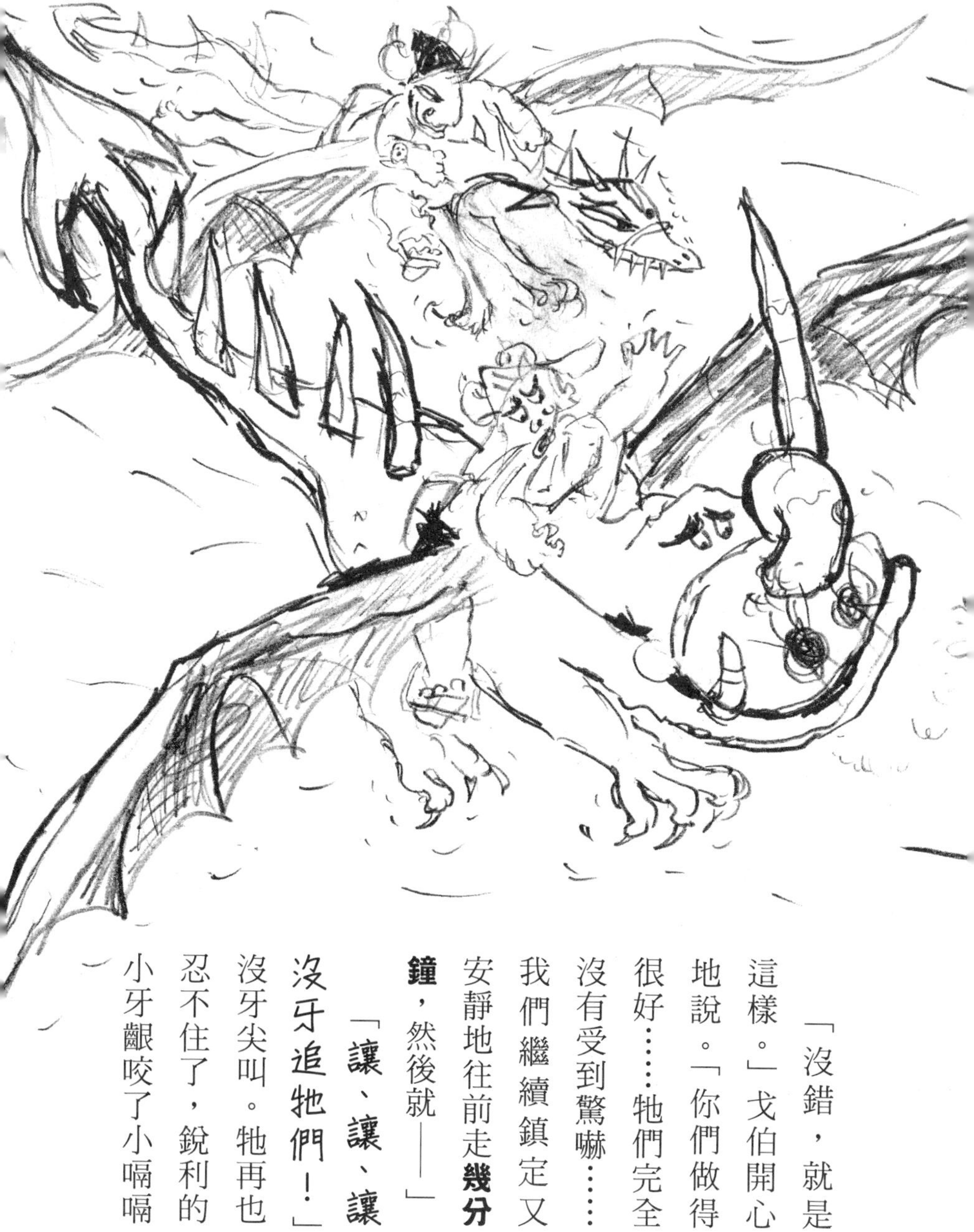

「沒錯，就是這樣。」戈伯開心地說。「你們做得很好……牠們完全沒有受到驚嚇……」

我們繼續鎮定又安靜地往前走**幾分鐘**，然後就——」

「**讓、讓、讓沒牙追牠們！**」

沒牙尖叫。牠再也忍不住了，銳利的小牙齦咬了小嗝嗝的手指一口，逼他放手。沒牙宛如一隻小報喪女妖，放聲尖叫，直直飛向馴鹿群。

「真是的，我的雷神索爾啊！」小嗝嗝驚呼。

「我的奧丁大神啊，小嗝嗝，你的龍又在搞什麼鬼！你就不能控制住牠嗎？快把牠叫回來，快點——！」戈伯氣急敗壞地壓低音量尖喊。**「阻止牠啊！」**

「遵命！我馬上叫他！」小嗝嗝呻吟著說。他催促風行龍往前跑，追上在空中猛衝的小龍。

「沒牙！快——停——下——來！」小嗝嗝盡可能小聲大叫。我告訴你，這一點也不容易。

沒牙尾巴一甩，翅膀進入「迅雷不及掩耳」模式，用比音速慢一點的速度噴射出去，順便用

拍翅聲阻隔小嗝嗝的尖叫。

沒牙只是在「趕馴鹿」，沒牙向前疾飛時告訴自己。只是稍微趕趕馴鹿，讓牠們有點緊張而已……你看，牠們在笑，牠們明明就很喜歡……

牠愉快地看到，那群傻傻的馴鹿開始逃命了。

「衝、衝、衝、衝、衝啊啊啊啊——！」

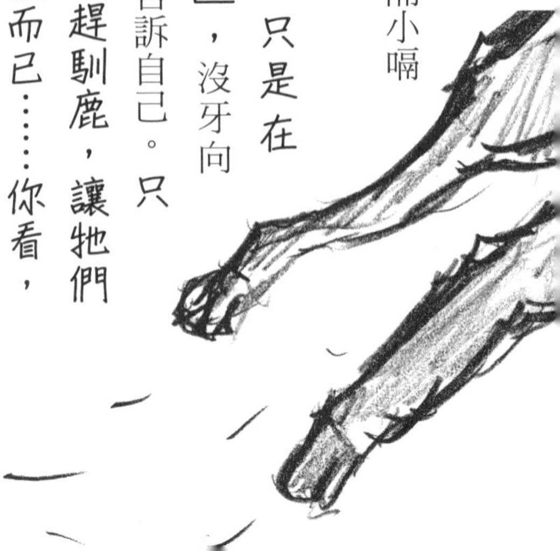

沒牙邊飛邊開心地吼叫。

「索爾的大腿啊……」戈伯低吼著催歌利亞加速。

「馴鹿群開始亂竄了……」

戈伯一加速，騎龍前進的男孩們也跟著加速，轉眼間騎龍趕馴鹿隊變得一點也不鎮靜。十二個男孩騎著十二隻龍在石楠叢中狂奔，打嗝戈伯像瘋子一樣尖叫著飛在隊伍前頭，不停尖吼的狩獵龍群則負責打頭陣，叫得比獵犬還凶，整支隊伍再野蠻不過。

衝、衝、衝、衝啊啊啊啊啊——！

「**左邊！小嗝嗝，往左邊啊啊！**」打嗝戈伯見小嗝嗝騎著猛衝的風行龍消失在遠方，對他大吼。

「停！停！往左！」小嗝嗝尖喊。瘋瘋癲癲、小稻草人般的風行龍用三條腿左搖右晃地狂奔，速度越來越快。

沒牙嗚嗚直叫，衝進三百六十頭馴鹿組成的馴鹿群正中間——效果有點像打司諾克撞球時，白球直接命中排成三角形的紅球。（註3）三百六十頭馴鹿分別往三百六十個角度逃竄，逃往小島的三百六十個方向。

「喔喔喔！喔——喔喔！」沒牙得意地學公雞叫。「沒牙，趕、趕、趕得好！」

牠在空中連翻了三個筋斗。「你們這群頭上長樹、樹、樹的牛！回、回、回來打、打、打架啊！」牠對著越跑越遠的馴鹿屁股辱罵。

小嗝嗝與氣喘吁吁的風行龍跑過來，猛然停下腳步。

「太慢啦！」沒牙唱歌般地說。「慢、慢、慢吞吞！你有沒有看到！沒、沒、沒牙一次就把牠們『全部』趕走了，沒牙超聰、聰、聰明，沒牙贏了，沒牙超級——」

註3　司諾克撞球（snooker）是一種落袋式撞球運動，遊戲目標是用白球將十五顆紅球與六顆彩球打入球袋。

沒牙怎麼這麼聰明！

「沒牙超、級、不、乖。」小嗝嗝接話。「沒牙，我不是叫你冷靜嗎？我不是叫你『不要』追馴鹿嗎？你、忘、了、嗎？」

喔喔喔對耶……沒牙想起來了。牠把尾巴藏在兩腿之間。

「沒牙只是在趕、趕、趕馴鹿……」牠小聲說。

「沒牙，那才不是『趕馴鹿』，你明明就在『追馴鹿』！」小嗝嗝罵道。

戈伯很不開心，他一點也不開心。

「感謝**小嗝嗝**幫我們示範趕馴鹿群的**錯誤**方法，你們應該做的事跟這個完全相反。**非常好**，我們只能全部從頭來過了。」

「吼，都是你啦小嗝嗝！」男孩們氣憤

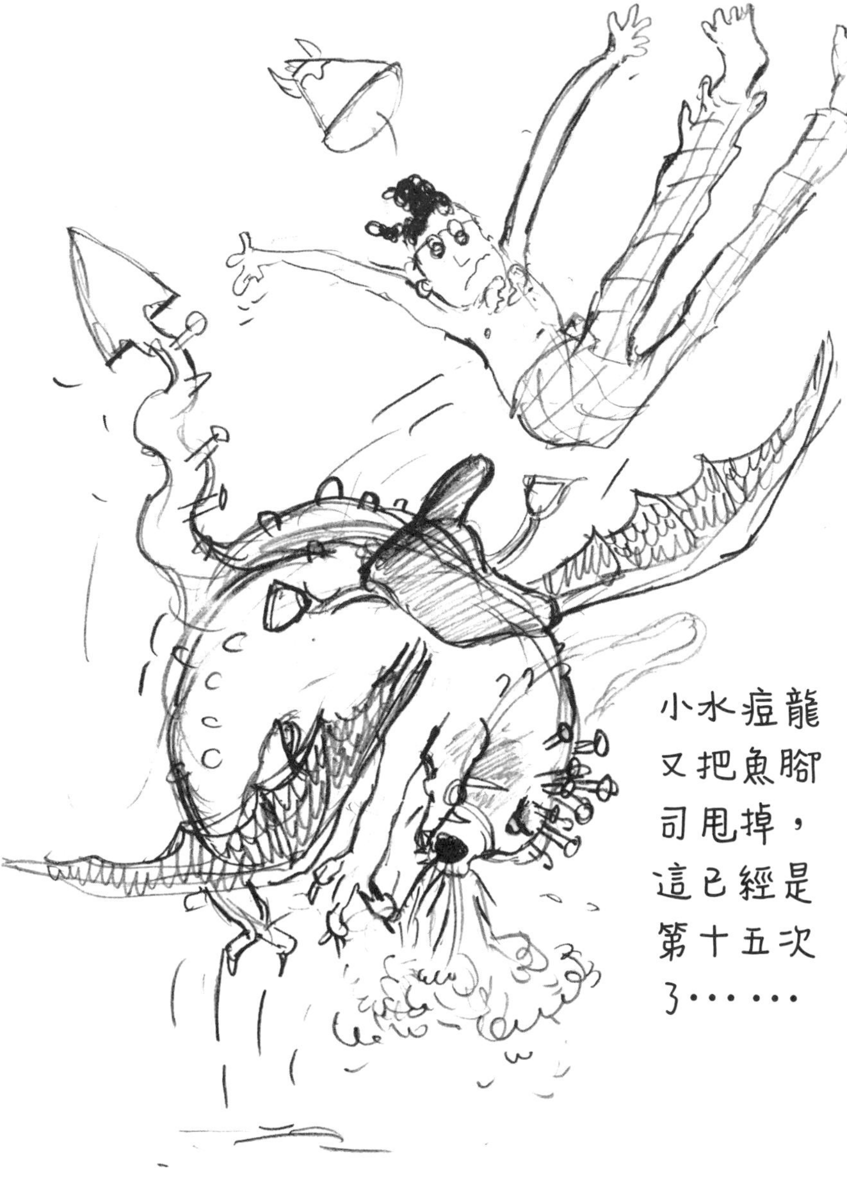
小水痘龍
又把魚腳
司甩掉，
這已經是
第十五次
了……

地瞪著小嗝嗝。

「小嗝嗝再次展現自己有多『沒用』了。」鼻涕粗得意洋洋地輕蔑地說。

那之後，是累得要命的兩個小時。

沒牙又熱又累又餓，下午蚊蠓集體出來叮人，沒牙乾脆躲進小嗝嗝的頭盔，頭盔裡迴響著牠的抱怨聲。

「沒牙要回家……不好、好、好玩了啦……」

隨著時間過去，馴鹿又開始成群行動，男孩們逐漸學會和狩獵龍合作將馴鹿群趕往正確的方向，現在，大家的騎龍術與驅趕馴鹿群的技術都進步了，每個人都感到十分驕傲。

魚腳司已經至少半個小時沒從水痘龍身上摔下來了，而且大夥剛控制住一群約十六頭的馴鹿，正專業地將牠們趕下山，朝海岸前進。

疣阿豬、阿呆與小悍夫那特從後方追趕馴鹿，他們大呼小叫，一邊拍著手，將馴鹿群往前趕，其他男孩則分為左右兩隊，圍成半圓把馴鹿群趕往他們要的路線。

一頭大公鹿脫離群體，鼻涕粗對火蟲吹了聲口哨，火蟲立刻伸長爪子飛下去，還不忘在身後留下煙霧軌跡。公馴鹿被火蟲趕回馴鹿群，繼續前行。

這才像樣嘛。

所有人都希望自己的父親能看到這幅光景。

小嗝嗝不用抓住風行龍就能輕鬆騎著牠奔跑，他覺得自己瞬間長到十英尺高了。

馴鹿群形成閃亮的棕色河流，順著山坡往下跑，行動速度非常穩定。牠們經過一條乾涸的小溪，輕而易舉地用平穩的速度跑進樹林……

就在這時，領頭的馴鹿驚恐地抬起頭，看到前方的樹木猛然燒了起來。

一條長長的火舌憑空竄起。

馴鹿群驚慌地亂叫，腳蹄、鹿角與一張一闔的鼻孔一閃而過，牠們繞過火焰繼續往山下跑。

維京人隊伍就沒有那麼好運了。

他們跑到火場時，火舌已經竄到三公尺高。

「快！」戈伯大叫。

「跑去海岸！繞過火焰跑到海岸去！」

已經太遲了。

小嗝嗝眼睜睜看著火焰掃過整片樹林，擴散得比人類奔跑的速度還快。

這時，小嗝嗝目睹他最害怕的一幕，他脖子上每一根毛髮都直直地豎起，與海膽的棘刺極度相似。

林木間有幾個疾衝而過的黑影，火焰就是那個黑影搞的鬼。

小嗝嗝瞥見牠們的身影。

宛如長了翅膀的大黑豹的東西，正壓低身形，在樹林裡奔竄。

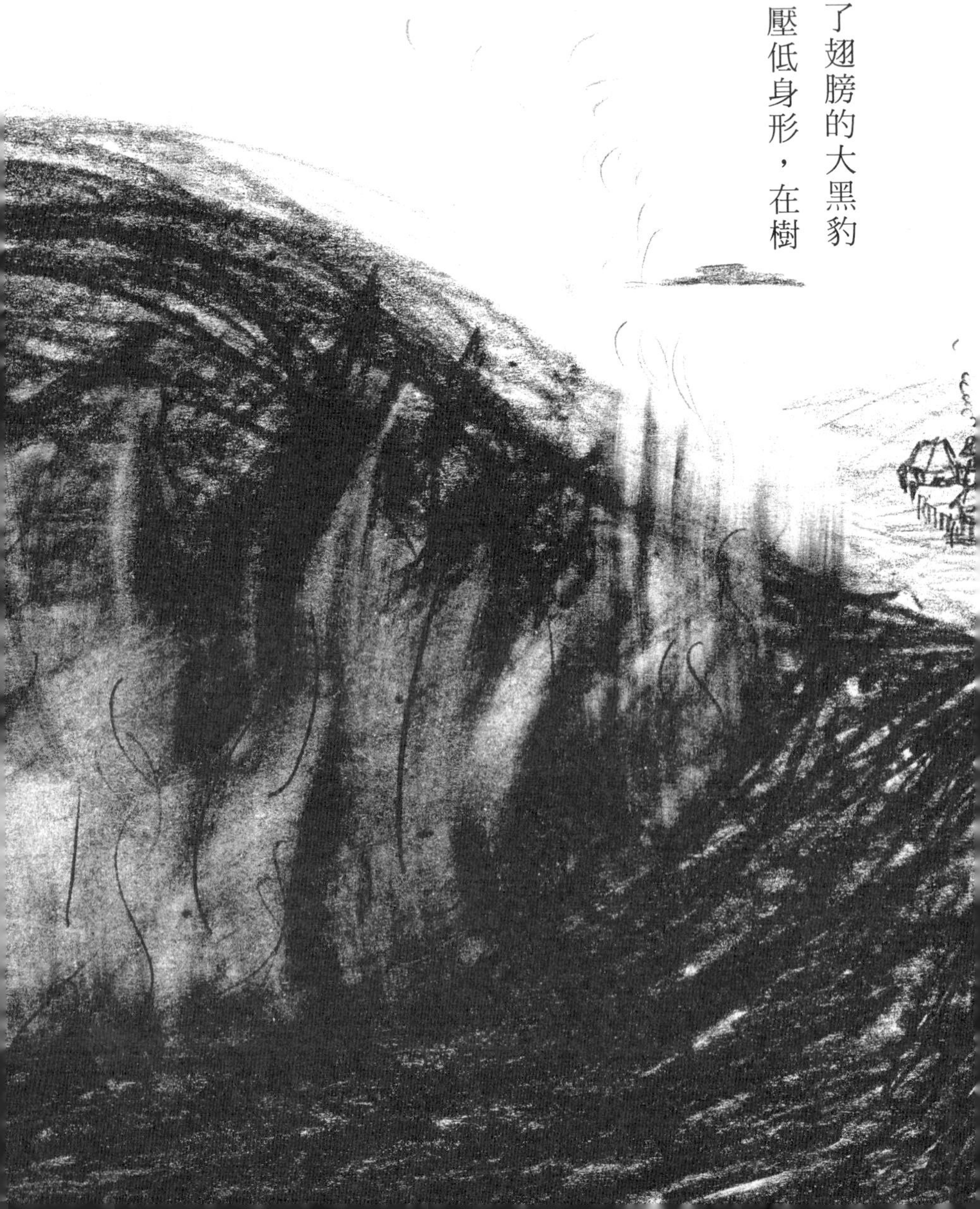

第三章
火之陷阱

只有戈伯騎的馱龍夠大，能載他脫離火的包圍與險境。

但學生們騎的龍翅膀都太弱了，無法飛離火焰，戈伯怎麼能拋下學生不顧？

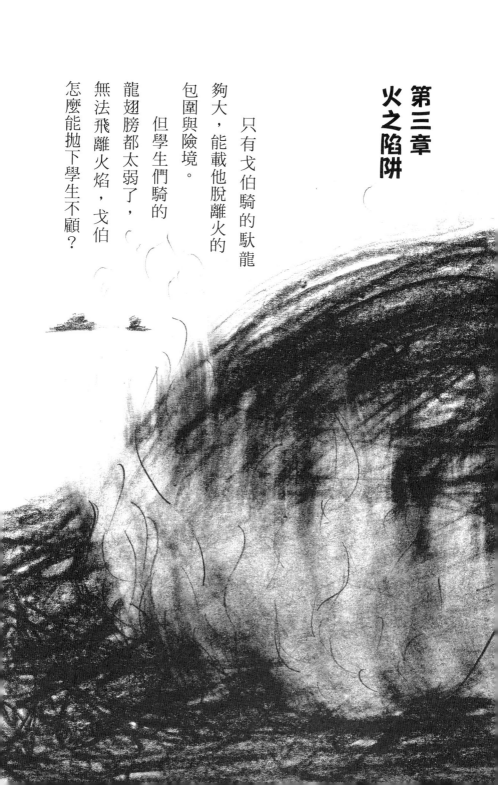

每個人的馱龍都拚命拍著翅膀，卻只有鼻涕粗的惡魔僧能載著主人起飛，而且牠才剛離地，又無力地摔了回去。

騎著馱龍的維京男孩們沿著火線狂奔，想找到火勢較小的地方跳過火牆。

然而此時樹林乾燥無比，火焰燒得又快又猛。

火牆不停延伸，開始往內凹形成圓圈，迫使男孩們後退。大家被一路趕回山丘上，一如不久前被他們追趕的馴鹿群。

趕馴鹿的人，現在反而被趕了。

火圈的兩端連在一起。

此刻，全班都被困在山丘頂。

男孩們不約而同拔劍出鞘。

就連最笨的男孩也明白，他們將遭遇攻擊。

他們的龍當然不怕「火」，龍皮或多或少有防火功能。（註4）大部分的龍都能在火中玩耍，就像海豚在海裡嬉戲。

這些龍怕的不是火，而是在火中潛行的黑影。

這才是牠們驚恐地嘶叫、豎起脖子上的毛髮與龍角倒退的原因。男孩們爬下馱龍，因為要是再騎在龍背上，可能會在馱龍瘋狂衝進火裡逃命時被灼傷。馱龍再怎麼聽話也有其極限，在危及性命的威脅下，牠們不可能留下來戰鬥。

果不其然，男孩們一離開龍背，牠們就往上飛走了。龍族能憑直覺感應到危險，牠們這麼慌張地逃命……小嗝嗝的心繼續往下沉。

惡魔僧、沼虎、火箭撕龍——所有的馱龍都逃了，水痘龍也氣呼呼地發出設德蘭矮種馬般的噴氣聲，飛上天空。

所有的狩獵龍——火蟲（鼻涕粗的猛烈凶魘）、海蛞蝓、恐牛、叉尾、蛇

註4　有的龍皮甚至完全防火。

心與沼飛——也都飛走了。

只剩下歌利亞。

還有小嗝嗝的風行龍。

這倒是挺令人訝異的，風行龍今天下午一直試圖逃走，現在到了「該」逃的時刻，牠卻沒有離開小嗝嗝。牠緊張得翅膀與身體直顫抖，不時往後望。

沒牙也沒有飛走，牠還窩在小嗝嗝的頭盔下，抱怨聲依然在金屬頭盔中迴盪。「不、不、不知道為什麼要來這裡……太、太、太多蟲蟲了……沒牙要被叮死了……沒牙口渴……沒牙肚子餓……已經過了沒牙的睡覺時間，可是都沒、沒、沒有人關心可、可、可憐又口渴的沒、沒、沒牙，他們都好自、自、自私，只關心自己的小、小、小問題……」

維京人紛紛盯著火牆，也抬頭望著濃煙滿布的天空，等待、等待、等待敵方出擊。

敵人沒讓他們等太久。

後方傳來撕心裂肺的驚叫聲。

大家猛然回頭，看到一頭馴鹿當場倒斃，喉嚨多了一道像利劍割傷的長型傷口。

「那是什麼？」魚腳司顫抖著問。

可是事情發生得太快了，沒人看清攻擊馴鹿的東西，也沒人能回答魚腳司的問題。

「我好像看到什麼了。」阿呆悄聲說。「有黑黑的東西——可能是龍吧——從火裡衝出來把鹿殺死，然後又跳到火圈外面了……」

再度一片沉默。大家緊張兮兮地在濃煙中左顧右盼，試著猜測敵人下一次會從哪個方向進攻。

小嗝嗝不停流汗，連劍都握不好，他不得不用背心擦乾左手手心。

馴鹿的尖鳴再次響起，大家再次旋身，看到倒地死去的馴鹿，這次牠的心臟和頭部都有劍傷。

「好，」戈伯說。「我們得**立刻**撤離。」

「歌利亞，你一次可以載幾個人飛行？」小嗝嗝問。

「兩個吧，」大牛壯龍沉聲說。「如果是他那樣的胖子，那就只能載一個。」牠用翅膀示意無腦狗臭。

「他說他可以載兩個人。」小嗝嗝告訴戈伯。

值得一提的是，在這個危急時刻，小嗝嗝並沒有因為說龍語而被戈伯罵。

「魚腳司和快拳，」戈伯命令。「快到歌利亞背上。」

兩個男孩七手八腳地爬上龍背，大馱龍展翅飛起，越過火牆飛出火之陷阱。

馴鹿群在火圈內四處逃竄，看到火焰就用後腿直立起來尖鳴。其他維京人吃足了苦頭，忙著避免被驚恐的馴鹿踩死、或被鹿角捅死。

又一陣沉默。男孩們緊張得全身僵硬，持續在煙霧中東張西望。

火圈是不是漸漸縮小了？是小嗝嗝的幻覺嗎？

歌利亞飛回來時，小嗝嗝清楚看到火圈慢慢逼近，他們的立足之地正逐漸縮減。

「鼻涕粗和疣阿豬，換你們。」打嗝戈伯大叫。

歌利亞又來回飛了五趟，每次都載兩個男孩離開。

第六次，牠只能載無腦狗臭一個人。

火牆現在比四棵大樹加起來還要高，恐怖的火紅巨塔圍成一圈，小嗝嗝雙眼泛淚，臉頰燙得好像已經燒起來了。

「我好累，」躲在小嗝嗝頭盔下的沒牙沒注意到外頭的情勢，繼續抱怨。「我們什、什、什麼時候才可以回、回、回家？」

「沒牙，我覺得你應該趁現在還逃得出去，趕快回家。」

小嗝嗝試著摘下頭盔，但沒牙用小爪子巴著頭盔不放，氣呼呼地尖喊：「壞、壞、壞主人走、走、走開，外面太多蚊蠓了，可憐的沒牙怎、怎、怎麼可以出去！出去會被活活吃、吃、吃掉！」

「歌利亞，快點，快點啊。」打嗝戈伯嘀咕。「你這隻**大蛞蝓**，再這樣下去我們就要烤成維京人漢堡了，你還不快點……啊，感謝索爾，牠終於來了。」

大馱龍從火焰中飛來山丘頂，來到跪著的主人與最後一個男孩面前。男孩的風行龍緊貼著他們兩人，張開翅膀努力保護兩個人類不被火焰燙到。

「小子，你先上去。」打嗝戈伯低吼著扶小嗝嗝上龍背，他對男孩微微一笑，敬了個毛流氓的禮。

「我們另一邊見。」打嗝戈伯語氣輕快地說，彷彿不知道自己的時間所剩無幾，歌利亞很可能來不及回來救他。

這，就是維京英雄。

也許，當死亡近在眼前，他只剩幾英尺、幾分鐘的活命空間時，就連戈伯也感到害怕。

但他沒有把恐懼擺在臉上，反而一派輕鬆地吹口哨，拍了歌利亞屁股最後一下。「你這隻鱷魚臉慢吞吞龍，還不快走！」他大吼。

「那就不要擋路啊，你這個紅色水母屁股海象臉！」歌利亞嗤笑著回答。牛壯龍撐開翅膀準備起飛。

沒有人看見偷偷從火牆溜出來的黑影，沒有人注意到那東西前方閃著劍光般的銀色光芒撲向歌利亞，又竄回火中。

事情發生得太快了。

胸膛寬闊、孔武有力的牛壯龍往前走了兩步……然後跪了下來，側身癱倒在地。

牠沒有發出聲響，大眼如嬰孩般柔弱、像嘆息似地輕柔闔上。

「歌利亞！」戈伯驚呼一聲，試著徒手抬起牛壯龍碩大的頭顱。「你這隻笨畜生，你在做什麼啊？沒時間睡覺了！」

「他不是在睡覺。」小嗝嗝仍坐在牛壯龍背

上的龍角之間，靜靜指向歌利亞胸口一道可怕的綠色傷口。「老師，他可能死了。」

男孩與老師默默坐在原地，等著被火焰吞噬。

高大的火牆燒得更加猛烈，山頂只剩下一小塊空地，這時，要是吹來一陣風，他們鐵定在轉瞬間被烈火吞滅。

但或許，最後殺死他們的不會是火焰。

敵人正勝券在握，小嗝嗝和戈伯命不久矣，躲在火焰裡的敵人終於準備現身，享受最後一擊的快感。

火焰中，有什麼東西在動。

黑豹般的形體在火焰中躡手躡腳地行走，牠們繞著小嗝嗝和戈伯轉圈，宛如凝視獵物的大貓。

第四章　戰鬥

黑影越繞越近，滿意地對彼此低吼，為己方的勝利雀躍不已。

最後，終於有一個黑影從火牆中探出頭。

那是一隻龍，但小嗝嗝和戈伯從未看過這種龍。小嗝嗝不知道這東西是哪個神創造的，但那個神當時一定心情很差。

火焰舔拭著牠流著血的眼球，宛如煙霧般從牠的額頭冒出，就連牠的鼻孔也探出劈啪作響的火舌。牠的皮膚是半透明的，你可以看到牠太陽穴突起的黑色血管，如同不停脈動的粗黑蜘蛛網。

牠將前爪舉到面前，然後……

咻！咻！咻！咻！咻！咻！

六根利爪自短短的爬蟲類手指射出，爪子的長度和寬度都與劍無異，還燙得直冒煙。

黑色口水緩緩從牠嘴角滴落，綠色火焰沿著爪子閃爍，牠張大了嘴蹲伏在火焰中，準備撲向小嗝嗝，然後……

……然後，牠露出驚訝的表情。

那隻龍迅速消失在火焰中，因為一個更可怕的身影從火牆跳了出來。

那是隻通體純白、額頭長了一隻角、翅膀大張的龍，牠用後腳立了起來，騎在牠背上的則是個雙手持劍的高大男人。

可是「人類」怎麼能在火中生存？

說不定我們已經死了，小嗝嗝心想。**說不定這裡是英靈神殿，雷神索爾或**

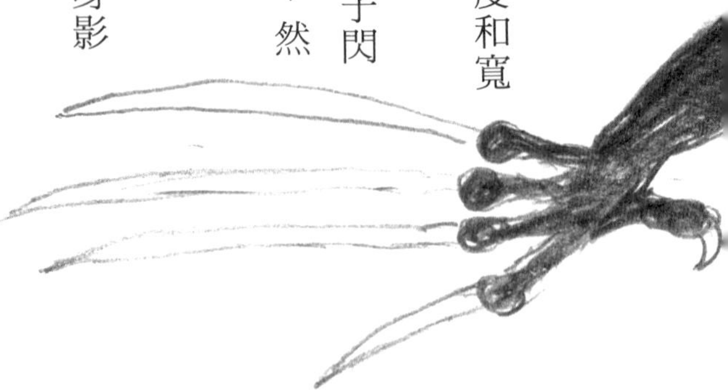

奧丁大神騎龍出來迎接我們了。

那幾隻黑龍剛才震驚地倒退，現在又恢復鎮定，發出可憎的低鳴。小嗝嗝與戈伯驚駭地看著黑白雙方在火焰中打鬥。

小嗝嗝從沒見過這樣的戰鬥。

那是龍族的戰役，同時是一場鬥劍，那是六隻黑龍與騎白龍的男人之間的惡鬥。

小嗝嗝沒看過騎龍男子這樣的打法。黑龍們把爪子當劍用，從上方、側邊與下沿攻擊男人，朝他又劈又刺。

騎白龍的男人沒有盾牌，也只能用膝蓋控制坐騎，他吼得如戰神般勇猛，雙手動作快到小嗝嗝的眼睛幾乎跟不上，每次有黑龍打過來、攻過來、刺過來，他都能用劍及時擋架。

「好，沒牙現在要出去。」小嗝嗝的頭盔下，傳出沒牙模糊的聲音。「沒牙『現在』要尿、尿、尿尿！」

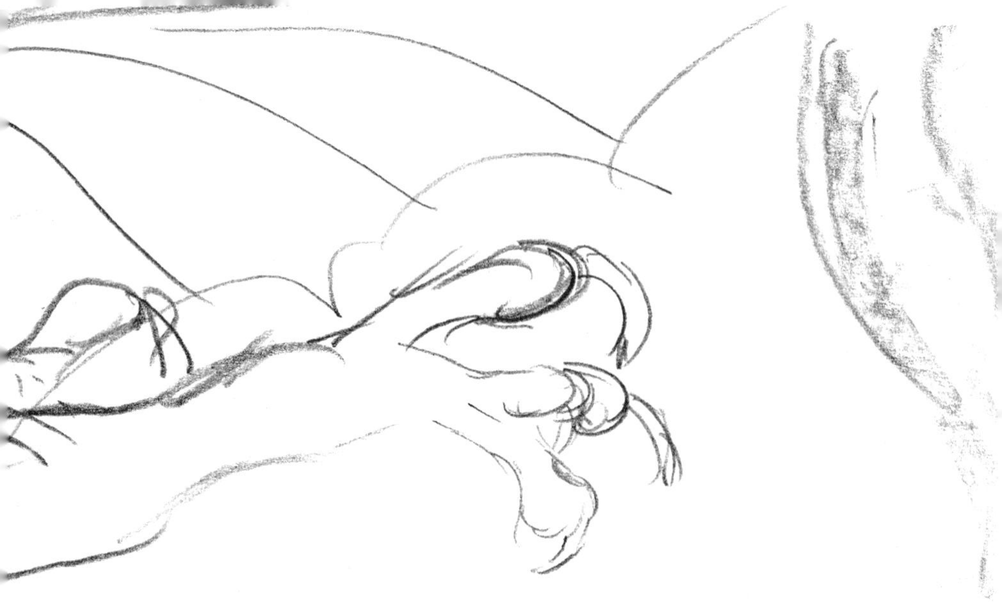

「沒牙，現在真的不是尿尿的時候。」小嗝嗝緊張地按著頭盔，不讓小龍出來。「你怎麼不早點尿尿，偏偏是現在……」

「放我出去！沒牙現在出、出、出去，不然沒牙在壞主人頭、頭、頭上尿尿！」沒牙邊叫邊氣憤地用腳跟撞頭盔。

前一秒，騎白龍的男人一次擋下二十四根劍爪的攻擊，下一秒，他兩條手臂往左右一揮，兩頭黑龍當場死在火焰中。

其餘四隻毫不戀棧，立刻像巨大的黑色蝙蝠飛上天。騎白龍的男人衝出火焰，

進入圓圈，小嗝嗝、戈伯與風行龍縮在地上，歌利亞的屍體躺在一旁。

「**大肚子的人！**」男人脫下斗篷。「快爬上我的龍！」

「一定要讓這個男孩先走。」打嗝戈伯說。

「牠載不動我們所有人！」男人在火焰貪婪的吼聲中大喊。火牆越逼越近。「可是我跟你保證，這個男孩不會有事的！」

「你發誓？」戈伯說。

「我發誓。」男人回答。

他把斗篷丟給小嗝嗝。

「小子，用這個把自己包好，你的龍就能載你離開火圈了。」

戈伯緩緩站起身，小心翼翼地取下頭上的頭盔，將它輕輕放在死去的歌利亞胸口。

完成這個動作後，他才爬到白龍背上，白龍立刻往上一躍，飛了起來。

「把自己包緊！」男人對小嗝嗝高喊。「它可以防火！」

火圈裡只剩小嗝嗝一個人，火焰近到他的衣袖燒了起來。

火牆湧上前吞噬最後一小塊空地時，小嗝嗝跳上風行龍的背，將斗篷罩在自己頭上。這時，他兩隻袖子都燒了起來。

一披上斗篷，袖子的火焰就熄滅了。

斗篷與大海一樣冰冷，帶有令人心安的魚腥味。

小嗝嗝感覺自己被大海裹了起來，他震驚又開心地呼喊。

他用清涼的斗篷包住身體每一個部位，確保每一根手指、腳趾、每一吋皮膚都不會暴露在火焰中，再抱住風行龍不停發抖的背。

「**風行龍，快跑，跑啊。**」小嗝嗝輕聲說。就在整座山丘被火焰吞沒時，風行龍邁開了腳步。

第五章　騎白龍的男人是誰？

偉大的史圖依克是小嗝嗝的父親，也是毛流氓部族的族長，他這個人長相粗獷，肚子像戰船，鬍子和被電擊的阿富汗獵狗一樣。

在這個天氣異常溫暖的午後，他吃完午餐、正平靜地睡午覺時，被兩個嘰嘰喳喳聊天的戰士吵醒。他們真沒禮貌，族長還在睡覺呢，他們在那邊說什麼制高點起火了……還說海盜訓練課程的學員在山丘上趕馴鹿。

史圖依克一聽，馬上擔心山上發生了不好的事。他平時沒這麼容易受驚嚇，但他的岳父老阿皺是個占卜師，老阿皺過去**好幾個星期**頻頻警告史圖依克，說他看到小嗝嗝會遇到危險的預兆。

小嗝嗝雖然又瘦又小，看起來沒什麼能力，過去卻遇到不少次危機。（註5）儘管如此，史圖依克當時沒把老阿皺的話當一回事，他不怎麼愛思考，也不怎麼會擔心。

「**把消防隊叫出來！**」史圖依克大吼著跳下床衝出門，身上只穿著他太太瓦爾哈拉瑪外出冒險時帶回來的毛茸茸內褲。

當一個部族與龍共同生活時，自然得有個效率超高的消防隊。大部分的龍都盡量不在非必要時刻噴火，不過狩獵龍和馱龍總是會不小心讓家具或茅草屋頂燒起來，這時候消防隊就要在兩分鐘內到場救火。

毛流氓村的消防隊是一群騎著噴水龍、受過滅火訓練的滅火戰士，他們的坐騎之所以叫噴水龍，是因為肚子能裝下大量的水。今天消防隊花了較長的時間才趕去救火，畢竟從毛流氓村飛到制高點需要一些時間，但整批消防隊還是

註5 請見《馴龍高手》、《馴龍高手II：尖頭龍島與祕寶》、《馴龍高手III：陰邪堡的盜龍賊》與《馴龍高手IV：渦蛇龍的詛咒》。

很快抵達，噴水龍低飛到海邊喝下大量海水，再噴在熊熊烈火上。

消防隊很努力，不過滅火效果當然有限，因為這可不是狩獵龍燒了床單那種小事，而是整片山坡在焚燒。只穿著內褲的史圖依克騎著馱龍趕到場時，火勢依然猛烈。

海盜訓練課程的學生歪七扭八地排成一列，遠遠望著大火，個個灰頭土臉，在煙霧中，史圖依克看不出哪一個是他的兒子。

「小嗝嗝？」史圖依克下了馱龍，抹掉旁邊一個男孩臉上的灰，滿心希望這個全身是灰的年輕流氓是自家兒子。「**小嗝嗝在哪裡？**」

疣阿豬難過地搖搖頭，抬起髒兮兮的手臂指向前方大火。

「**不！**」史圖依克盯著被大火吞噬的樹林，扯著鬍子大喊。

火海中，風行龍全速衝了出來，在維京人面前停下腳步。一雙手焦急地掀開斗篷，動作快得讓小嗝嗝摔下龍背、倒在石楠叢中。

他抬眼看見父親擔憂的臉龐，以及其他幾個戰士的頭。

~維京龍族與龍蛋~

噴水龍

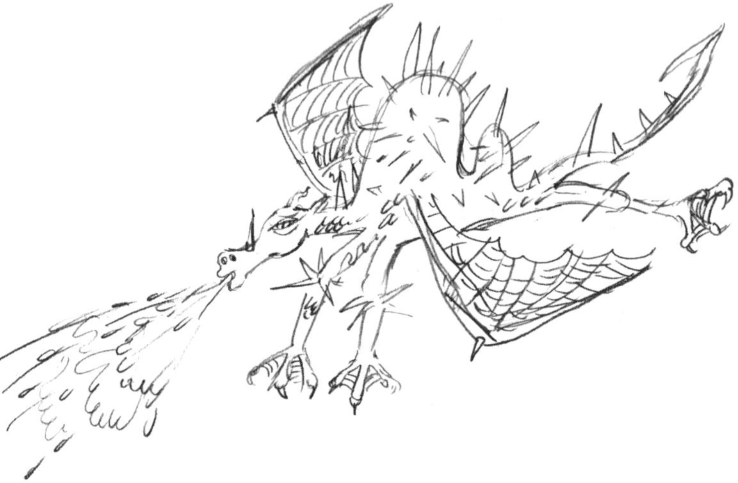

這種外貌奇特的生物來自亞洲沙漠，牠們會將水儲存在駝峰（或胃裡），和駱駝有點像。

統計資料

顏色：沙黃色、沙漠芥末色。

武器：能用強力水柱把人打倒。

恐怖：……………2

攻擊：……………5

速度：……………6

體型：……………6

叛逆：……………2

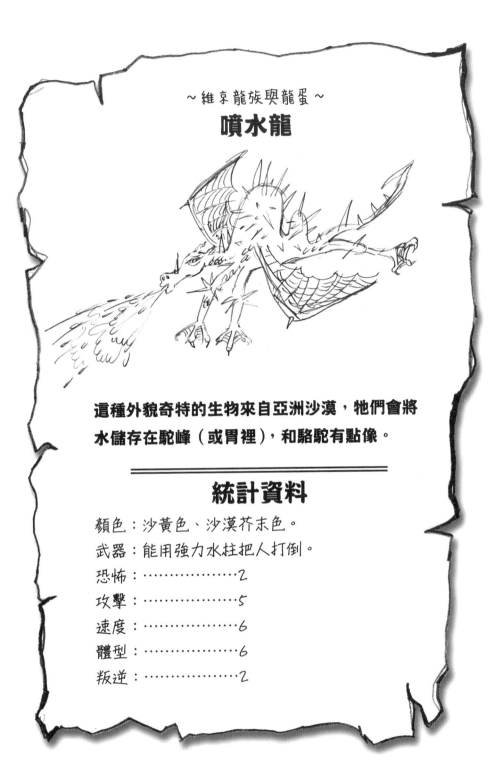

那幾顆頭後方是明豔的藍天，更後方則是熊熊燃燒的制高點，火焰成了歌利亞與馴鹿群的火葬場。

但小嗝嗝還活著——至少，他這次活下來了。

小嗝嗝翻身仰躺在地，頭盔從頭頂掉落，又熱又氣的沒牙飛了出來。

「主人壞壞！」沒牙罵道。「小嗝嗝運氣『超級好』，沒牙很善良、很友善，沒有在他頭上尿尿！」

然而小龍看到壯觀的大火，馬上將憤怒拋到九霄雲外。「喔喔喔喔喔，有火耶！」沒牙開心地尖叫，與匆匆地飛去玩火了。

「他還活著！」偉大的史

圖依克又驚又喜地大喊。

「你怎麼還活著?」史圖依克困惑地問。

小嗝嗝指向靜靜站在史圖依克背後的某個東西。是個騎著白龍的男人,還有坐在他身後的戈伯。

「是他救了我。」小嗝嗝說。戈伯手忙腳亂地爬下白龍,他從眉毛到腳趾甲都沾滿黑灰,只有拿下頭盔的頭頂殘存一小塊光禿禿的粉色,他的光頭在陽光下閃耀,宛如天使的光環。

跟恐牛玩躲貓貓

「族長，請聽我解釋，」戈伯結結巴巴地說。「我們今天上很安全的騎龍趕馴鹿課，這堂課一點也不危險，可是課上到一半就被一些**東西**攻擊……歌利亞死了。」

「戈伯，請節哀。」偉大的史圖依克肅穆地說。歌利亞一直是戈伯忠心耿耿的馱龍，曾載著主人參加好幾場戰役。「我跟你保證，我們會復仇的……」

「**他**救了我們。」戈伯指著騎白龍的男人說。

「**他**是誰？」史圖依克問。「那個男人是誰？」

「他不可能是人類，」戈伯指出。「人類不可能在火中行動……他一定是天神下凡。」

「我不是神。」騎白龍的男人說。

他穿了一件包住全身的黑衣，就連眼睛和嘴巴都遮住了，所以說話不大清楚。小嗝嗝不曉得他要怎麼看到周遭情景。

「我只是個英雄——呃不對，我只是個**普通的路人**。」男人接著說。「老實說，我正在趕時間，我還有很重要的事情要辦，不能久留……很高興認識你們，也很高興這一切……你們看起來是好人。」

「你是熔岩粗人！」史圖依克盯著他大吼。

圍觀的毛流氓們驚恐地倒抽一口氣，立即拔劍。熔岩粗人部族是毛流氓部族最危險的敵人之一。

「我不是熔岩粗人！」男人理直氣壯地抗議。「熔岩粗人都是穿著褲子的猩猩！這樣說還算是對猩猩的侮辱。」

「你明明就是熔岩粗人！」史圖依克大聲說。「只有卑劣、愛騙人、比鯊魚還壞的熔岩粗人才會穿這種衣服！」

毛流氓們贊同地低吼，他們有的揮劍，有的檢查戰斧是否夠鋒利，一起逼近騎白龍的男人。他們高呼：「殺了他！殺了他！熔岩粗人部落的垃圾！」

「族長，讓我先殺他！」啤酒肚大屁股喊道。「我好久沒殺熔岩粗人了！」

「大屁股你這個惡霸，回去排隊！」老悍夫那特怒吼。「你每次都插隊！」

「**我……不……是……熔岩粗人！**」男人隔著衣服布料大吼。「真是的，我的雷神索爾啊，好心真的沒好報！我又遇到麻煩事了，真是的，我怎麼就是學不乖？**可惡**的防火衣……我把衣服脫掉你們就知道了……」

男人下了白龍，雙手把包住頭部的布料往上拉，衣服包得非常緊，往上拉扯時發出有點令人反胃的吱嘎聲。

「你們看！」男人得意地說，他用力一拉，衣服發出不雅的打嗝聲，完全剝離他的臉。「我**不是**熔岩粗人！」

史圖依克緩緩繞著男人走了一圈又一圈，男人露出的那顆頭顯然不屬於熔岩粗人部族。

那顆頭滿是金髮、蓄了鬍子、非常英俊——不對，是非常**非常**英俊的頭——這是個中年男人，稍微過了人生的黃金時期，正一臉氣憤地看著眾人。

史圖依克把劍插回劍鞘。

「**不是**熔岩粗人。」史圖依克鬆一口氣，對所有人宣布。

「既然你不是熔岩粗人，那你是誰？」

男人一臉震驚。

「你這是什麼意思……**什麼叫我是誰**？」他說。「我當然是『超自命不凡』了……」

超自命不凡是近年最偉大的維京英雄之一，他完成了「殺死無禮撕毀者」和「取回怪石」等任務，卻在十五年前銷聲匿跡，大家都以為他死了，畢竟偉大的維京英雄也得面對「死亡」這種職業災害。

「不、不會吧！你是『大英雄』超自命不凡!?」偉大的史圖依克結結巴巴地驚呼。

史圖依克忽然意識到自己只穿著一條毛茸茸的內褲和一只很舊的藍襪子，站在當代最偉大的英雄面前。

他縮緊小腹，努力擺出最莊嚴、最有族長氣勢的姿態。

「我們都以為你死了！」

「嗯，這個嘛，」超自命不凡不悅地皺眉說。「我之前去熔岩粗人部族領土執行英雄任務，結果被那些可惡的熔岩粗人抓住了，他們把我關進鑄劍監獄，過去十五年我一直在地底下幫他們鑄劍。這也是我穿著熔岩粗人防火衣的原因，這件衣服是龍皮做的，所以完全防火。」

「熔岩粗人真的很邪惡，卻也很聰明。」偉大的史圖依克搖頭說。「我的老索爾的毛茸茸指甲啊，你是怎麼逃出來的？」

「我不是逃出來的，」超自命不凡解釋道。「**沒有人**能逃離熔岩粗人的監獄。最近滅絕龍孵化，他們全都撤離熔岩粗人島了。」

「滅……什麼的，那是什麼東西？」史圖依克問。「我從來沒聽過這種生物。」

「滅絕龍就是把這座山搞成這副模樣的生物。」超自命不凡揮手示意後方的火焰與混亂。「牠們已經好幾世紀沒有在這附近出沒了，因為牠們的蛋只能在火山爆發時釋放的氣體中孵化。熔岩粗人島上的火山已經在那邊咕嚕咕嚕好一陣子了，它準備大爆發，屆時所有的滅絕龍蛋都會孵化。」

「你的意思是，剛才攻擊我們的是『滅絕龍』？」小嗝嗝問。

「沒錯，剛才那應該是六隻體型很小的滅絕龍寶寶，其實牠們還算親切。」超自命不凡愉快地回答。

「請問熔岩粗人島上還有幾顆滅絕龍蛋？」小嗝嗝又問。

「嗯……應該不到九十萬顆吧。」超自命不凡點點頭。

「說到這個，我**真的**在趕時間。很抱歉，我得走了……你們真是好人……我要是你們，我也會趕快離開這地方，等牠們孵化你們就知道了。」

「你在說**什麼**啊？」史圖依克大吼。「**離開？**怎麼可以離開，這裡是我們的『家』。從第一個野蠻人——偉大的毛屁股——下船，陷進跟大腿一樣深的泥巴那天開始，蠻荒群島就一直是我們野蠻人的家……他的靴子卡在泥巴裡……他

大家說龍語
睡覺時間到了

龍：沒牙有打、打、打呼嚇，沒牙起時劈啪。
沒牙作噩夢，沒牙現在要起床。

你（想睡覺）：可是在打呼時間中間！
可是現在是半夜耶！

（一陣沉默）

你（警告）：不閃閃火睡扳，沒牙，不閃閃火睡扳！不閃閃火——吼啃，沒牙！
不可以把床點燃，沒牙，不可以把床點燃！不可以點燃——吼啃，沒牙！

龍（開心）：小嗝嗝是起！小嗝嗝是起！小嗝嗝搔癢和沒牙？
小嗝嗝起床了！小嗝嗝起床了！你要跟我玩嗎？

們再也沒看過他的靴子……那時，他說了一句流傳千古的話——」

「『只要我的靴子在這片沼澤裡，就會有野蠻人住在蠻荒群島。』」小嗝嗝也聽過這個故事，他幫史圖依克接話。「父親，我知道這裡是我們的家，可是當時偉大的毛屁股沒想到會有**九十萬隻**滅絕龍飛過來，把這座島變成沙漠。」

「哪有**那麼**多。」偉大的史圖依克高吼。「而且牠們不過是龍，我們要**留下來**，跟牠們**戰鬥**！下星期是太陽日，我會在『那東西會議』上提這件事，到時候我們可以團結起來，為接下來的戰鬥做準備。」（註6）

「唉，如果你親愛的母親也在就好了。」史圖依克嘆息著說。

小嗝嗝的母親——瓦爾哈拉瑪——是個非常厲害的戰士，她前陣子又外出冒險去了。

「我那個大肌肉小甜心隨便甩甩辮子，就能把那什麼滅絕東東**揍扁**。」史圖

註6 「那東西會議」是當地所有部族的聚會。

依克說。

「**我們在海灘上和牠們戰鬥！**」他大叫。「**我們在蕨叢裡和牠們戰鬥！我們在泥濘得走一走鞋子就會不見的沼澤裡和牠們戰鬥！絕不投降！**」

說完，他引吭高唱「統治蠻荒世界！野蠻人是浪濤霸主」，每個毛流氓都立正站好，行著毛流氓禮，一邊高聲合唱。

這個民族雖然花很多時間打鬥、盜竊和劫掠，卻也很有音樂天分，你看到這群野蠻人張口唱出完美的音韻、驕傲的歌詞，與後方的煙霧、烈火及毀滅形成強烈對比，一定會十分驚訝。

超自命不凡起身準備離去，還熱情地和史圖依克握手。「我不得不說，」超自命不凡說。「我覺得全速離開這裡是最明智的選擇，你的堅持雖然瘋狂又毫無意義，我還是很佩服你這種勇於自殺的精神。祝各位好運！」

「你不留下來和我們並肩戰鬥嗎？」偉大的史圖依克問。「有你這麼偉大的英雄幫助我們，那就太好了。」

我們在海灘上
和牠們戰鬥！
我們在蕨叢裡和
牠們戰鬥！
我們在泥濘得
走一走鞋子
就會不見的沼澤
裡和牠們戰鬥！
絕不投降！

「這個嘛，我**現在**應該是『前英雄』了。」超自命不凡強調道。「我只是一介平凡的傭兵。我受夠不可能的任務了，從今以後只會照顧我自己……不過在成功逃離這片沒救了的群島、逃得越遠越好之前，還得完成**最後**一件事。你能不能告訴我，博克島要怎麼走？」

偉大的史圖依克咧開大大的笑容。「親愛的超自命不凡啊！」他高呼。「這裡就是博克島啊！」

超自命不凡瞠目結舌地看著他。

「不會吧！」他說。「這麼說，你就是……你就是……」

「毛流氓部族的族長，偉大的史圖依克！」偉大的史圖依克高聲說。

「真的嗎？」超自命不凡驚呼。他很有禮貌，沒有問史圖依克：**你平常都只穿內褲和一只藍襪子，在山裡晃來晃去嗎**？

「那這位想必是你的兒子？」超自命不凡指向小嗝嗝。

「**小嗝嗝．何倫德斯．黑線鱈三世！**」偉大的史圖依克驕傲地說。

超自命不凡似乎無法相信這件事。

「『他』就是**小嗝嗝·何倫德斯·黑線鱈三世**？」

超自命不凡轉向史圖依克。「那個啊，史圖依克，我想了想，決定還是在這裡待一陣子再走。」

「太棒了！」史圖依克大聲說。「你說你現在是傭兵？」

「沒錯。」超自命不凡回答。

「其實，」史圖依克若有所思地說。「我最近在幫我兒子小嗝嗝找寶鑣，你當過英雄，應該會是個很強的寶鑣吧。」

「寶鑣」是維京族長繼承人的保鑣。

寶鑣和英雄一樣不好當，即使是神勇無敵的戰士也不夠格。

你必須十項全能、樣樣精通，除了長得相貌堂堂以外，還得精通音樂、懂得彈豎琴，用長矛戰鬥的技巧必須和你用戰斧戰鬥一樣強，**而且**還必須是個好老師，因為你要把這些技能全部傳授給年輕的族長繼承人。

「你擅長用武器戰鬥嗎？」史圖依克問。

做為回應，超自命不凡快速而優雅地從腰間抽出戰斧，動作快到史圖依克都沒看見他移動雙手。他很有技巧地將戰斧甩出去，斧頭割斷沒腦袋阿笨的一條辮子後繞了個彎回到超自命不凡手裡，他還抓著斧柄轉了兩圈，讓它在手肘平衡片刻，再華麗地將它收回腰間。

旁觀的毛流氓們讚嘆不已，他們最愛看技術精湛的武器表演了。

「**哇！**」史圖依克驚呼。

這個男人比在新形成的冰山上捲弄鬍鬚的貓咪還酷。

「這沒什麼，」超自命不凡嘆息著說。「我年輕時還能**閉著眼睛**耍斧頭呢。」

「**別想再砍我的頭髮**。」沒腦袋阿笨警告他。

「所以你的其他技能也都這麼強嗎？」史圖依克問。

做為回應，超自命不凡拿起他的弓箭。

「你看到那個有骷髏頭刺青的男孩沒有？」

超自命不凡
超級酷，跟在
新形成的冰山
上捲弄鬍鬚的
貓咪一樣酷

超自命不凡指向鼻涕粗，後者站在稍遠處，挖著鼻孔和無腦狗臭聊天。超自命不凡射出一支箭，鼻涕粗叫了一聲，往後倒地。

「我的兒子！」啤酒肚大屁股驚喊。

超自命不凡舉起一隻超大卻又超優雅的手。

「這位先生你別擔心，你的兒子完全沒受傷，我只是移除他鼻孔裡的鼻屎罷了。」

他說得沒錯。一切發生得太快，鼻涕粗以為自己只是被黃蜂螫了一下，既然他的鼻屎消失了，他就若無其事地繼續和狗臭聊天。

「怎麼可能！」史圖依克結結巴巴地說。

「一點雕蟲小技罷了。」超自命不凡搖頭說。「我從來沒看過這麼大的鼻孔。」

「那滑雪呢？騎龍術？亂撞球呢？」史圖依克追問。

「和我全盛時期相比，已經退步許多。」超自命不凡難過地回答。「但我們前英雄不接受平庸的表現，我這些技能和別人比仍舊是頂尖。」

「是我的錯覺嗎，」魚腳司小聲說。「我覺得這傢伙滿煩人的。」

「是你的錯覺。」小嗝嗝說。他崇拜地盯著超自命不凡。

「那彈唱呢？」史圖依克又問。「看你的腰圍這麼壯觀，應該很會唱歌吧？」

「很久以前，有位女士說只要我唱歌給她聽，要她**去死**都可以。」超自命不凡哀傷地說。「我曾是歌唱天王，但現在不是了。我在鑄劍監獄待十五年，嗓子都壞掉了——金屬塵埃跑進我的肺裡，監獄裡的高溫也毀了我的聲帶。最慘的是，我失去了歌唱的意願、失去了歌唱的心……我**再也不會**唱歌了。」

「太可惜了，」史圖依克說。「我很喜歡聽人唱歌。沒關係，你在其他方面都合格，你願意當我兒子的寶鑣嗎？我會給你很好的待遇。」

「我十分樂意。」超自命不凡立刻回答。「我要存點錢，以後找個寧靜的地方買一座農莊。」

英雄的劍鬥術

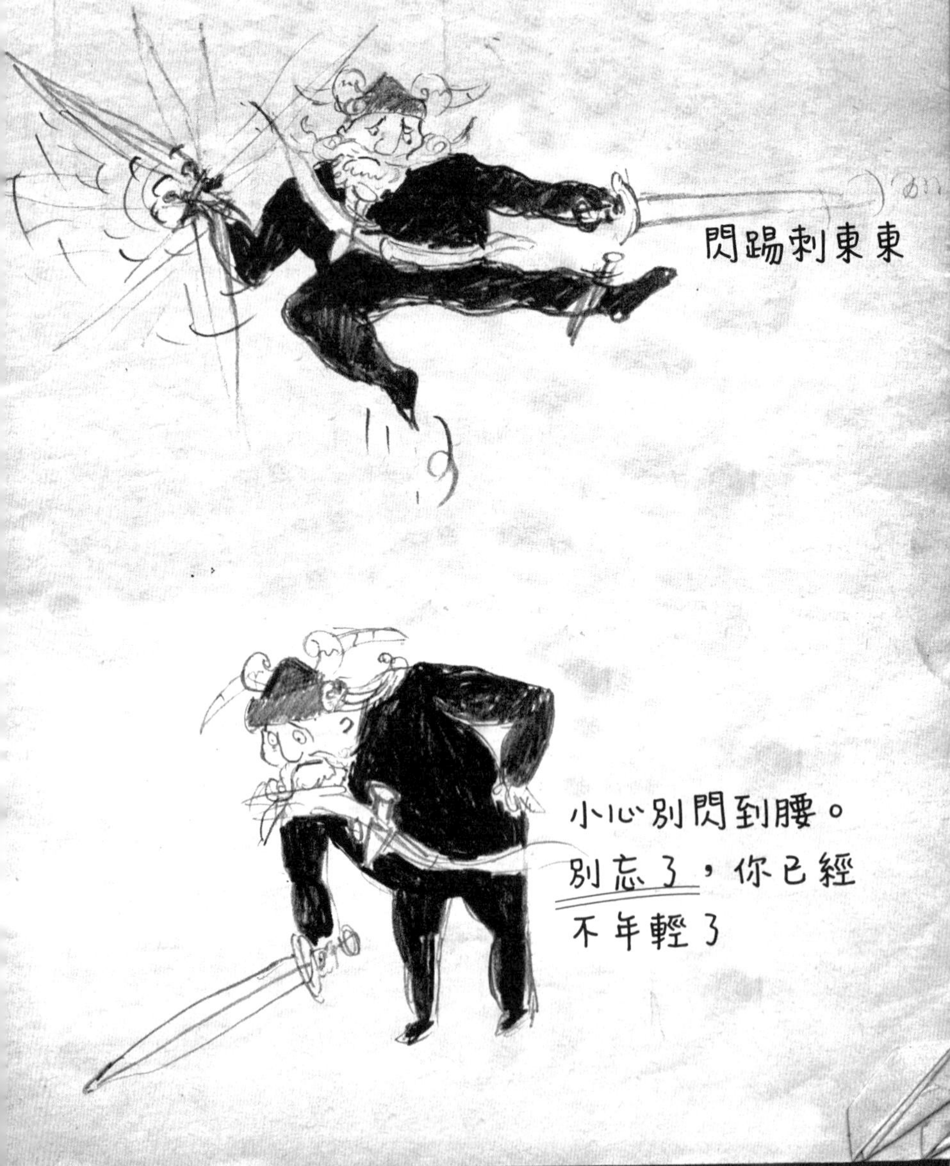
閃踢刺東東
小心別閃到腰。
別忘了，你已經
不年輕了

英雄的劍鬥術
催眠拋接術
小心別讓
自己
被催眠
經典的「我
蒙著眼睛都沒
問題，是不是
很厲害啊」
招數

「太好了！」偉大的史圖依克笑著說，說完就急匆匆地離開了，他要召開當地幾個部族的聯合會議，組織與滅絕龍對戰的戰士團。

「你剛剛在火裡用了一招閃刺轉東東，可不可以教我？」小嗝嗝開心地抬頭看著超自命不凡。

「那當然。」新寶鑣磨著劍說。

第六章　小嗝嗝的寶鑣手忙腳亂

接下來兩週，史圖依克開始後悔雇用了超自命不凡。

包括小嗝嗝在內的所有人都把他當神一樣崇拜，他到處幫人簽名，簽在戰斧、長矛、龍，甚至是大屁股出了名的啤酒肚。

「連他寫的『字』都超級酷。」大屁股低頭看著肚皮上華麗的簽名，感嘆一聲。「我再也不洗澡了……」

「你以前有洗過澡嗎？」史圖依克沉聲說。他心想：**這個超自命不凡以為自己有多了不起啊？**

這也是他看不慣超自命不凡的另一個原因。

平時，在穿著打扮這方面，大家都會學史圖依克。

這表示大家都沒在梳理鬍子，每個男人下巴都有一大團糾結的鬍子，看上去像不久前被鼬鼠攻擊的大鳥巢。

不只這樣，這些人的鬍子還撒了許多食物碎屑，姑且算是裝飾。

結果現在，大家突然跟超自命不凡一樣把鬍子梳得整整齊齊，八字鬍末梢弄成漂亮的小捲。史圖依克強烈懷疑他們養成了「洗澡」的習慣，每個人都把上衣的釦子扣好，頭盔還擦得雪亮。

「你的鬍子是怎麼回事？」史圖依克質問一臉慚愧的戈伯，戈伯的鬍子平時像稻草堆，現在卻一夕間變成許多小捲。

戈伯臉紅了。

「喔，你說『這個』啊……」他裝作若無其事。「這是最新的流行……你也知道，這個造型比較有『英雄氣概』嘛……大家都把鬍子弄成這樣。」

「你們看起來都像傻子。」史圖依克惱羞成怒。

但是，超自命不凡成為小嗝嗝的寶鑣後，史圖依克最無法接受的是小嗝嗝對超自命不凡的景仰，這陣子小嗝嗝動不動就要提起超自命不凡，煩得史圖依克要崩潰了。

小嗝嗝非常、非常仰慕超自命不凡。

他可不是粗鄙的野蠻人，而是高人一等的英雄，戰鬥時也不會亂敲別人的頭，而是做出華麗、優雅又漂亮的動作。

他教小嗝嗝怎麼用閃刺轉東東，還教他怎麼把對手耍得團團轉，同時禮貌地和對方噓寒問暖。

儘管如此，超自命不凡還是給小嗝嗝帶來一些小麻煩——這當然不是他的錯，但麻煩就是麻煩。

小嗝嗝過去參加海盜訓練課程，都會盡量低調，別被注意到最好，但現在有個身高六呎七吋、國際知名的帥氣英雄緊跟在後，舉著長劍大喊：「**小嗝嗝・何倫德斯・黑線鱈三世，族長的獨子駕到！所有人讓開！**」小嗝嗝不想引人注

凶惡雙胞胎
的頭盔都擦
得雪亮

野蠻人平常都沒在梳理鬍子，每個男人
下巴都有一大團糾結的鬍子，看上去像
不久前被鼬鼠攻擊的大鳥巢。

野蠻人流行的鬍子造型

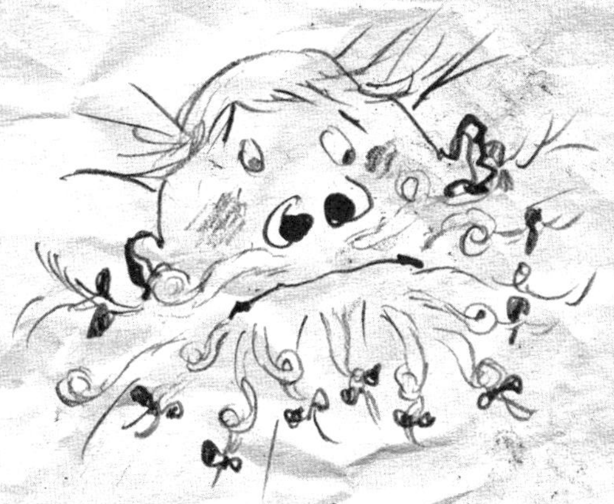

戈伯的鬍子一夕間變成
許多小捲……

戈伯的鬍子一夕間變成許多……
小捲……

目也沒辦法。

除此之外，還有其他問題。

那堂騎龍趕馴鹿課結束後，戈伯給了大家一點休息時間，一天後全班又開始正常上課，這天上的是戰斧戰鬥藝術課。

異常炎熱的天氣似乎變得更熱了，小嗝嗝感覺自己站在烤箱裡。氣候到底還能變得多熱？

男孩們在戈伯面前排得歪七扭八，有的人還在抓屁股，所有人都滿身大汗。大山丘如惡兆般矗立在前方，下半截長了樹木與蕨類，上半截卻似火烤過的沙漠，和戈伯沒戴頭盔、被烈陽晒傷的頭皮一樣光禿禿的。

打嗝戈伯問「有沒有誰自願和鼻涕臉鼻涕粗打一場」，全班卻一片死寂。鼻涕粗用戰斧打鬥的技術強得嚇人，又很愛作弊，喜歡趁戈伯沒在看的時候，用特別尖銳的涼鞋踢對手腳踝。

超自命不凡站出來大聲說：「**我推薦小嗝嗝·何倫德斯·黑線鱈三世，偉大**

的史圖依克．聽到這個名字就盡情發抖吧．咳．呸的獨子！」你可以想見，聽到這句話的小嗝嗝，嚇都快嚇死了。

「噓……」小嗝嗝哀求。「拜託你……小聲點……」

「好主意！」戈伯愉快地大吼。「那就讓小嗝嗝跟鼻涕粗打。」

「唉，我的雷神索爾啊。」小嗝嗝無奈地呻吟。

「你幹麼啊？」魚腳司嘶聲說。「你是他的寶鑣耶！你應該要**保護**他才對啊，怎麼可以把他放在盤子上，端到敵人面前……」

「你這是什麼話？」超自命不凡訝異地問。「他是『族長』的兒子，擁有何倫德斯．黑線鱈家族的戰鬥熱血，他隨便一彈指甲就能把這個鼻涕粗打爆……」

「那個，你可能視力不好看不清楚，」魚腳司說。「可是鼻涕粗體型幾乎是小嗝嗝的兩倍，他比懷恨在心的大黃蜂還凶，而且他**痛恨**小嗝嗝。」

「說得沒錯。」鼻涕粗笑嘻嘻地把指節扳得喀喀作響。

鼻涕粗是啤酒肚大屁股的兒子，而啤酒肚大屁股是偉大的史圖依克的弟弟，這表示，要是小嗝嗝不幸發生什麼意外，下一任族長就會是鼻涕臉鼻涕粗。

鼻涕粗認為自己若當上毛流氓部族的族長，一定會是個「超級傑出」的族長。

「說什麼話呢，這個小鼻涕粗瘦巴巴的，有什麼好怕的！」超自命不凡十分不齒（這不像他會做的事，他平時都非常有禮貌）。

「沒、沒、沒牙就是這樣說的，說了好幾年

了。」沒牙興奮地插嘴。牠最愛看精采的打鬥了。

「**拜託你不要講那麼大聲。**」可憐的小嗝嗝懇求。這些對話全被鼻涕粗聽在耳裡，鼻涕粗的眼神變得比平時還要惡毒。

「小嗝嗝，我相信你能輕而易舉把這傢伙打倒在地，讓他**求你**饒他一命！」超自命不凡高呼。

「要求饒的人是誰，還不知道呢……」鼻涕粗咬牙切齒，捲起了衣袖。

為了避免學員死傷，他們平常練習戰斧戰鬥都用木斧頭，但超自命不凡在幫戈伯發武器時發了一把真的斧頭給鼻涕粗，情勢對小嗝嗝更加不利了。

鼻涕粗和小嗝嗝打到一半，鼻涕粗的真斧頭砍在小嗝嗝的盾牌上，它沒有彈掉，反而劈在木板中間卡住了。

鼻涕粗那雙鯊魚眼，多了一道欣喜的精光。

「**小嗝嗝，快殺了那個豬鼻孔、水母心、全身是疣的小惡霸！**」超自命不凡在旁邊幫小嗝嗝加油。

「把、把、把他的眼睛抓瞎！把他的翅膀扯掉！攻擊他的角、角、角！」沒牙在小嗝嗝的頭附近飛來飛去尖叫，有時候還會遮住小嗝嗝的視線。

「鼻涕粗！你拿的是**真**斧頭！」小嗝嗝大喊。

「這又不是我的錯，」鼻涕粗齜牙咧嘴。「沒有人會怪我，大家都看到了，是你那個寶貝寶鑣把這把斧頭交給我的……」他用力將卡住的戰斧一把拔下。

戈伯沒聽到他們的對話，正忙著吼小悍夫那特：「**我的老索爾啊，拜託，小悍夫那特，那是『戰斧』不是木湯匙，也不是棒針……**」

「**超自命不凡！救命啊！**」小嗝嗝大叫。

「你做得很棒喔！」超自命不凡高喊著優雅地豎起拇指，鼓勵小嗝嗝繼續加油。

「就這樣戰鬥下去！鼻涕小寶寶好像快哭了……別忘了用我上次教你的閃刺，用戰斧也可以使出這一招。」

「**救命啊！誰來救救我！**」小嗝嗝哭喊。

魚腳司拋下木斧頭，跑離正在和他對練的阿呆。「**超自命不凡！**你快幫他啊！鼻涕粗拿的是真戰斧！」

「不用驚慌。」超自命不凡平靜地說。鼻涕粗將卡在小嗝嗝盾牌上的斧頭拔出來，從小嗝嗝手裡扯掉盾牌，高高舉起閃亮的金屬斧頭。「小嗝嗝完全能掌控情勢，他只是裝模作樣，想讓小惡霸鬆懈而已。」

「你是**白痴**嗎？」魚腳司怒吼。「小嗝嗝快、死、了……」

鼻涕粗拿鋒利的戰斧往小嗝嗝身上劈，小嗝嗝舉起木戰斧格擋，卻馬上被金屬斧頭

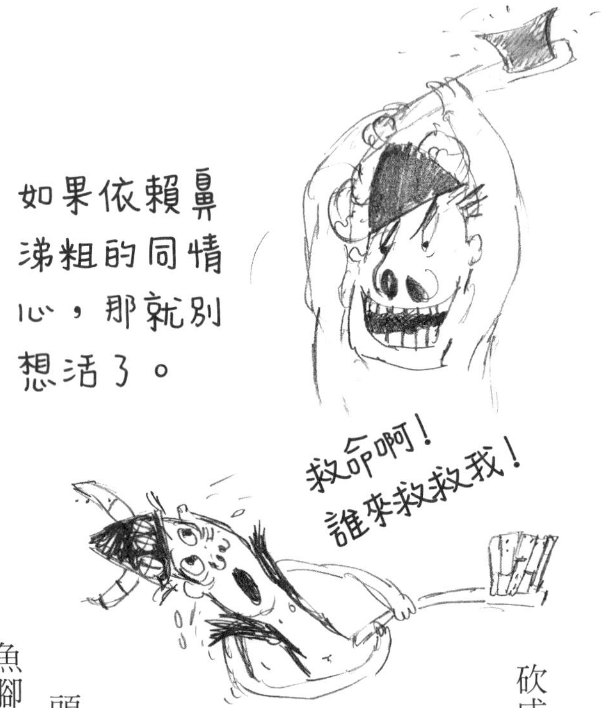
如果依賴鼻涕粗的同情心，那就別想活了。
救命啊！
誰來救救我！

砍成兩半，掉到地上。

金屬戰斧繼續砍向小嗝嗝胸口，他默默閉上雙眼，等待致命的一擊……

……在這電光石火的瞬間，超自命不凡猛然從腰間抽出戰斧，砍斷鼻涕粗那把戰斧的斧柄，以致金屬斧頭落到地上。與此同時，沒牙和魚腳司抓住鼻涕粗的褲子，把他用力往後拖。

唰唰唰唰——！

鼻涕粗的褲子從上裂到下，他半裸著逃離練習區，其他男孩的大笑聲隨他而去。不好意思，維京人沒什麼文化素養，他們看到同學的褲子裂開或其他類似的惡作劇，都會笑得很開心。

「**哈哈哈哈哈！**」毛流氓男孩們倚著各自的戰斧哄笑。

「小嗝嗝，真是很抱歉。」超自命不凡扶起小

嗝嗝說。

「謝謝你。」小嗝嗝喘著粗氣，放鬆地呼出一口氣。

「你謝『他』幹什麼？」魚腳司不開心地尖聲說。「他是『笨蛋』！這個人再怎麼有型，也還是笨蛋。」

「魚腳司你閉嘴，這是他『第二次』救我了。」小嗝嗝說。

超自命不凡滿臉尷尬。

隔天，小嗝嗝和魚腳司一起走去恐嚇搶錢課的上課地點。超自命不凡沒有在他們身邊，他到靠近山頂的地方逛逛了。

「我打包好了。」魚腳司正在跟小嗝嗝爭辯。「我覺得我們應該快點離開。超自命不凡不是說了嗎，火山隨時會爆發，我們還是趕快走吧。」

「我們怎麼可以把族人丟在這裡，讓他們被滅絕龍滅絕掉？」小嗝嗝憂心忡忡地回答。「我們要想辦法說服他們一起走……」

魚腳司正要說他們「不可能」說服其他毛流氓，因為其他人都蠢到不行，根本不明白現在的局面有多危險……

……就在這時，焦黑的山坡上，一顆巨石不知為何鬆動了。

它猛烈地滾向小嗝嗝，若不是站在上方的超自命不凡及時出聲警告，小嗝嗝肯定會被壓死。

小嗝嗝和魚腳司分別往左右跳，巨石重重落在兩人之間。

「我的雷神索爾啊……我的雷神索爾啊……我的雷神索爾啊……」魚腳司喘著氣癱在地上，抬頭看著差點輾死他們的巨石所激起的塵雲。「你看到沒有，這是奧丁大神給我們的徵兆，我們應該離開這裡……我要回去再檢查一次我的行李……」

「兩位，對不起！」超自命不凡說著倉促地跑下山。「我剛才腳滑了一下，可能讓一些岩石鬆脫了。你們還好嗎？」

「多謝關心啊，我們至少還是立體的。」魚腳司諷刺地回答。「『我』也好想有個聰明的寶鑣喔，有個人可以對我扔石頭，還會派我赤手空拳去跟神經病一對一作戰，真是太棒了。」

或許魚腳司說得對，小嗝嗝接連遇到這麼多不吉利的事，確實感覺毛毛的。

落石事件的隔天，小嗝嗝和父親一起吃牡蠣晚餐，寶鑣超自命不凡站在小嗝嗝的椅子後方待命，沒牙窩在椅

子下，安靜啃食牠從食物櫃偷出來的一整隻雞。

小嗝嗝還沒開動，史圖依克就把自己的牡蠣吃完了，他盯著擺在兒子面前的牡蠣，垂涎三尺。他朝一隻看上去特別肥嫩的牡蠣伸手……

……超自命不凡大喊：

「**那隻牡蠣不能吃！**」

史圖依克不悅地看著超自命不凡。這傢伙真的**太過分**，他讓全毛流氓部族的人都穿得像小女生就算了，竟然還敢阻止史圖依克「吃飯」，真的、真的太過分了。

「**我要吃哪個牡蠣是我的自由！**」偉大的史圖依克怒吼一聲，將牡蠣舉到嘴邊。超自命不凡伸手要搶牡蠣。

偉大的史圖依克氣憤得死抓著牡蠣不放，兩人一點也不優雅地爭了片刻，為了阻止史圖依克吃牡蠣，超自命不凡不得不自己吞下那隻牡蠣。

「**好啊！我受夠了！**」偉大的史圖依克聲若洪鐘。他終於有藉口開除這個完美到

令人厭煩的超自命不凡了，想到這裡，他不禁鬆一口氣。「**給我滾蛋！**」

超自命不凡把牡蠣肉吞下肚。「這隻不新鮮……非常不新鮮……」他吞了口口水。「我用看的就知道了……」

「**哇！**」小嗝嗝驚呼。「父親，他剛剛救了你一命，把你本來要吃的牡蠣吃掉了！不愧是大英雄！」

「喔，嗯，很好……」史圖依克生硬地嘀咕。他心想：**什麼用看的就知道，這個煩人的超人到底是誰啊？**

「所以呢，父親？他應該不用滾蛋吧？」小嗝嗝憂心地問。

「看來不用。」史圖依克說。他暗想：**可惡**。

「說不定你應該**頒獎**感謝他。超自命不凡，你還好嗎？你臉色好差。」

「我覺得我還是去躺一下好了……你們懂的……」超自命不凡說。他靠著小嗝嗝的肩膀，讓小嗝嗝扶他走出房間。

一路上，小嗝嗝興奮地說個不停：「超自命不凡，你**好勇敢**喔！你是怎麼

看出那隻牡蠣不新鮮的？難道牡蠣跟蘑菇一樣，用看的就知道哪些可以吃、哪些不能吃嗎？希望你早日康復……」

史圖依克悶悶不樂地推開牡蠣。他沒胃口了。

接下來兩天，超自命不凡病得不輕。

在史圖依克看來，這樣非常好。

這段時間，其他部族紛紛前來參加維京人所謂的「那東西會議」，這是慶祝仲夏太陽日的慶典。

沼澤盜賊部族、殘酷傻瓜部族、和平部族、無情部族、痛揍蠢貨部族、寂靜部族、淒涼部族、恐懼販部族與泡沫拳部族……

……除了無可救藥的流放者部族、無禮男部族與熔岩粗人部族以外，所有

的人都來了。

不久，毛流氓港便擠滿了維京船隻，小小的博克島到處可見形形色色的帳篷。小攤販在熾熱豔陽下做生意，交易章魚棒棒糖、狩獵用喇叭、涼鞋，甚至還有給維京嬰兒穿的龍皮小鞋。

太陽日的前一晚，小嗝嗝在悶熱的臥房裡躺了很久很久，窗外飄來痛揍蠢貨部族與沼澤盜賊部族開派對的聲音，還有龍鬥的尖吼聲。

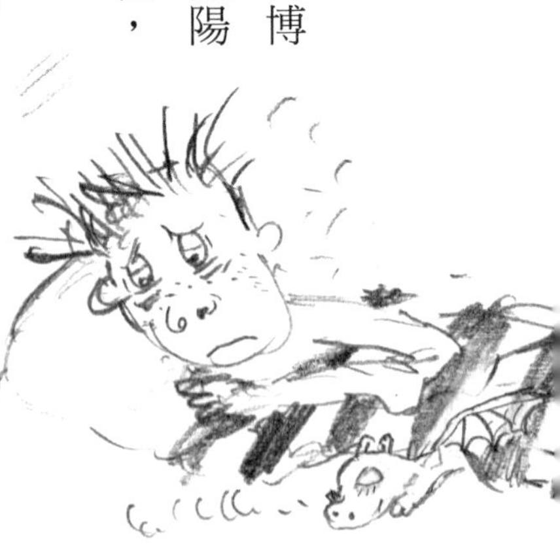

窩在小嗝嗝腳邊的沒牙也醒著，牠把爪子塞進耳朵，扭著身體在被子下悶聲抱怨：「太——誇、誇、誇張了，太誇、誇、誇張了……一群野、野、野蠻人……人、人、人類……好、好、好吵……好自、自、自私……」

過一段時間，被窩靜了下來，小嗝嗝腳邊的小龍成了暖烘烘的一團，被子隨著牠的呼吸輕微起伏。小嗝嗝偶爾會聽到牠在睡夢中小聲說：「太——誇、誇、誇張了。」伴隨著夢囈飄上來的，還有氣呼呼的小煙圈。

小嗝嗝看著煙圈飄向天花板，或慢悠悠地飄出窗戶星辰滿布的悶熱夜空中。最後，他也睡著了。

小嗝嗝睡得很不安穩，夢中出現火焰、惡兆及在熾熱夜裡舉著長劍般的利爪追殺他的龍群。

睡到半夜，小嗝嗝哽著無聲的尖叫，驚醒過來。

超自命不凡可怕的身影立在床邊，他的頭籠罩在黑暗中，雙手舉著雙劍準備砍向小嗝嗝。

他用非常恐怖的聲音大聲自言自語。「我該做嗎？還是不該？我該做嗎？還是不該？」

「你在做什麼？」小嗝嗝驚恐地問。「寶鑣……**住手啊**！你在做什麼？超自

命不凡！超自命不凡！」

超自命不凡似乎沒聽見，依然用恐怖的聲音喃喃自語，不停提到他要實現的什麼諾言。

他穿著全套防火衣，所以小嗝嗝看不到他的臉和眼睛，感覺更嚇人了。月光在鋒銳的金屬劍上閃爍。

這是可怕的一瞬間。

超自命不凡雙手顫抖。

他垂下雙手。

停止顫抖。

「我**不該**這麼做。」他好像下定決心。

有東西從被子裡飛射出去，銳利、睏倦的小牙齦用力咬在超自命不凡大腿上。

超自命不凡痛呼一聲，一把劍脫手砸在自己腳上。

「太太太誇、誇、誇張了！」沒牙氣呼呼地在房裡夢飛一圈。「就不能讓龍、龍、龍好好睡、睡、睡一覺嗎？你們人類好吵、吵、吵！好自私！害可憐的沒、沒、沒牙整晚睡不著……」

沒牙爬回被窩，再次進入夢鄉。

小嗝嗝跳下床，一把將自己的劍拔出鞘。

超自命不凡抓著腳和大腿，在房裡跳來跳去。

「好痛好痛好痛好痛好痛好痛好痛……」他呼喊。

可怕的瞬間過去了。

超自命不凡沒了戰意。

他剝下防火衣的頭套，小嗝嗝在月光下清楚看見他的臉，突然沒那麼害怕了。

超自命不凡還沒完全康復，他臉色發青，看起來十分疲倦。

「我做不到。」超自命不凡說。「我曾立下英雄的誓言，承諾要殺死你，但我做不到。我覺得這不是正確的選擇……」

「你的意思是，」小嗝嗝震驚地說。「你雖然是我的寶鑣，卻一直想『殺死』我？」

「是的。」超自命不凡說。「我曾發誓要殺你。」

小嗝嗝笑得有些歇斯底里。

不愧是史圖依克，他本要請寶鑣來「保護」兒子，卻找來一個想「殺死」小嗝嗝的人。

「你是對**誰**發誓要殺我？」小嗝嗝輕聲問。「而且你為什麼要殺我？」

超自命不凡嘆了口氣。「看來，我得把我的故事說給你聽了。」他說。

於是在悶熱、寂靜的黑夜裡（這時，就連沼澤盜賊們和痛揍蠢貨們都睡著了），寶鑣超自命不凡開始說故事。

第七章　寶鑣超自命不凡的故事

「**在很久很久以前，感覺像上輩子的當年，**」超自命不凡說。「**我是個快樂的年輕英雄，我愛上了一個美貌的姑娘。**」

「嗯……」小嗝嗝小心翼翼地說。他對愛情故事不是很感興趣。

「**唉，她真的美得沉魚落雁！**」寶鑣嘆息。「**她那雙肥美、白嫩，長滿肌肉的腿！那雙氣勢磅礴的大腿！柔軟的小鬍子！劍術超群的手臂！**」

「好的好的，」小嗝嗝短促地回應。「請繼續說。」

「**她也愛我（至少，我以為她愛我），但她父親的想法很奇怪，他覺得女兒應該和一個『聰明』的人結婚。你別問我為什麼，反正他覺得聰明很重要就對**

了。他給我一項不可能的任務，如果完成任務，就能和心愛的姑娘結婚。

「那個不可能的任務，」超自命不凡接著說。「就是偷走熔岩粗人島上的火焰石。這之所以不可能，是因為熔岩粗人已經花了很多年尋找火焰石，卻一直沒找到。

「在我出發去執行不可能的任務前，我和戀人偷偷見面。我心愛的雙下巴小甜心有顆美麗的心形紅寶石，她總是把紅寶石項鍊掛在脖子上，卻在我臨行前將寶石切成兩半，一半給我，一半自己留著。

「『非去不可的話，你就去冒險吧，』我的愛人悄聲說。『可是我有種不好的預感……如果你不幸被那些穿睡衣的豬——熔岩粗人——抓住，就叫你的狩獵龍傑越把寶石叼回來給我，我一定會去救你。』

「其實我的戀人也是個冒險家。

「我答應了她，騎著白龍去執行不可能的任務。正

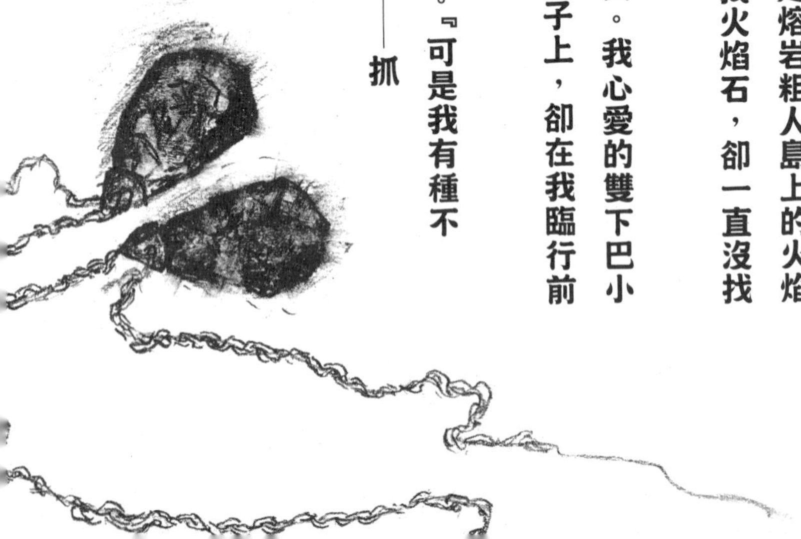

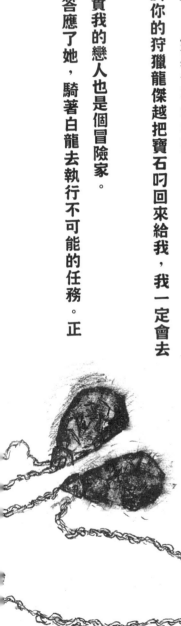

如我的戀人所料，厄運降臨，我被熔岩粗人抓起來，和白龍一起被鎖鏈困住，關進熔岩粗人島監牢。

「更慘的是，我忠心耿耿的狩獵龍——傑越——在冒險時死了，我無法把半顆紅寶石送到那位姑娘手中，請她來救我。

「我絕望地在熔岩礦場監獄工作幾個月，結識了一個叫好人阿爾的獄卒。小嗝嗝我告訴你，他真的是好人，不管何時都笑臉迎人，還十分同情我。我把我的故事說給他聽，拜託他把紅寶石送到我戀人手裡，請她盡快用那雙肥肥又可愛的腿跑來救我出去。」

超自命不凡的聲音變得憂傷而低沉，青綠色的臉在月光下顯得病懨懨的。

「好人阿爾說，如果他幫我，我就必須答應在未來完成他叫我做的一件事。他拿著半顆心形紅寶石離開了。小嗝嗝啊，我滿心期待地在熾熱的礦場等待，每到夜晚就隔著窗戶的鐵柵望向外頭，渴望她的到來。一日復一日，一月

復一月，一年復一年，希望化為絕望。她一直沒有來救我。小嗝嗝啊，我等了十五年——整整十五年。然後，兩個月前，我驚訝地看到好人阿爾又以獄卒的身分出現在熔岩粗人島，有天晚上他來找我，把心形紅寶石的下落告訴我。」超自命不凡輕輕地說，輕到小嗝嗝幾乎聽不到他的聲音。

「**好人阿爾告訴我，他把紅寶石送到我的戀人手裡，將我被囚禁、需要她來幫忙的事告訴她。好人阿爾驚訝地看到我親愛的戀人——曾發誓要永遠愛我的那位姑娘——竟然把紅寶石丟、到、窗、外，直接丟進海裡了。她還冷血地說了這段話：**

「**『我聽說超自命不凡執行不可能的任務失敗時，就把另外半顆紅寶石給丟了。我現在有了新的愛人，他先幫我找到火焰石，所以我要跟他結婚。』**」

「不會吧！」小嗝嗝驚呼。「她好狠心！」

超自命不凡哀傷地點點頭。「我一直忘不了那天好人阿爾幫她轉述的那段話，我應該一直到死都不會忘記。小嗝嗝啊，從那天開始，我就發誓再也不愛

超自命不凡十 瓦爾哈拉瑪

戀愛中

任何人。」

「如果我是你，可能也會這麼想！」小嗝嗝說。

這時，一個非常可怕的念頭出現在小嗝嗝腦中，讓他的心不停往下沉，就像那半顆沉到海底的紅寶石愛心。

他突然有種不祥的預感，也許事情將朝凶險的方向發展，寶鑣的故事即將出現神展開。

「呃，」小嗝嗝緊張地開口，他非常、非常不確定自己要不要聽到問題的答案。「請問你的戀人叫什麼**名字**？」

「是我的『前』戀人。」超自命不凡糾正他。「我那個叛徒前戀人，名字是……瓦爾哈拉瑪。」

瓦爾哈拉瑪，就是小嗝嗝的母親。

第八章　寶鑣故事的神展開

「不，」小嗝嗝悄聲說。「你騙人……」

「很抱歉，」超自命不凡嘆息著說。「我說的是實話。而且，這還不是故事最糟糕的部分。」

「還有比這更糟糕的嗎？」小嗝嗝的嘴唇毫無血色。

「你父親的確偷了火焰石，他是在火山**裡頭**找到那顆石頭的，這也是為什麼熔岩粗人在島上到處挖洞，卻一直找不到火焰石的原因。我聽阿爾說，火焰石會釋放某些化學物質，讓火山持續休眠，過去十五年火焰石不再影響火山，火山變得越來越活躍，**現在**，它準備爆發了。」

小嗝嗝呆坐在床上，迷失在紊亂的思緒中。

談話間，窗外的黑夜已轉為灰色與藍綠色，旭日即將東升，酷熱的一天將拉開序幕。

「你那個朋友——『好人阿爾』，」小嗝嗝問。「他**現在**在做什麼？」

「阿爾啊，我必須說，他腦子好像變得不太正常了。」超自命不凡坦承。「但這也不能怪他，那傢伙真的很可憐，經歷了不少慘事。」

超自命不凡繼續說故事。

「好人阿爾回來當獄卒後不久，火山的隆隆聲越來越響，有些滅絕龍陸續孵化了。熔岩粗人部族逃離他們的島嶼，讓我們這些囚犯自生自滅，我們當然也要想辦法逃走。可是好人阿爾沒有要逃的意思，他想『訓練』那些滅絕龍——是不是很瘋狂？他在島上建了幾尊大雕像，似乎認為滅絕龍孵化時會把他當成首領，對他言聽計從。」

「那他訓練完成以後，要拿這些滅絕龍做什麼？」小嗝嗝問。

「他說要做善事。」超自命不凡欽佩地搖了搖頭。「他想阻止滅絕龍殺死萬物。唉，好人阿爾那傢伙瘋瘋癲癲的，但真的是大好人。我試著說服他一起離開熔岩粗人島，可是他就是不肯走，說著，他請我完成我多年前答應要幫他做的一件事。」

「他要你做什麼事？」小嗝嗝又問。

「殺死『你』。」超自命不凡回答。「他說你是『暗黑王子』，是惡魔之子，長大後會用邪惡力量降臨蠻荒群島。他說是你把他抓去餵恐絞龍，害他頭髮掉光……還把他從熱氣球推下去，害他掉進滿是鯊龍的海裡……」

「那都是**他自己**的問題！」小嗝嗝抗議。他差不多拼湊出真相了。

「過去幾週，我對你認識得越來越透徹，開始覺得他應該錯怪你了。」超自命不凡接著說。「我**試著**殺你，卻總在最後一刻選擇救你。起初，我以為是我身為英雄的直覺發作，後來才發現——小嗝嗝，我下不了手，是因為我覺得你是『好人』。」

~維京龍族與龍蛋~

滅絕龍

滅絕龍是特別危險的猛惡龍種，牠們會成群縱火，將大地燒毀，並且以殺戮為樂。牠們擁有劍一般又長又利的爪子，還有兩顆心臟。

統計資料

顏色：皮膚半透明，你可以透過皮膚看見牠們的內臟。

武器：劍爪、惡火。

恐怖：……………9

攻擊：……………9

速度：……………9

體型：……………6

叛逆：……………7

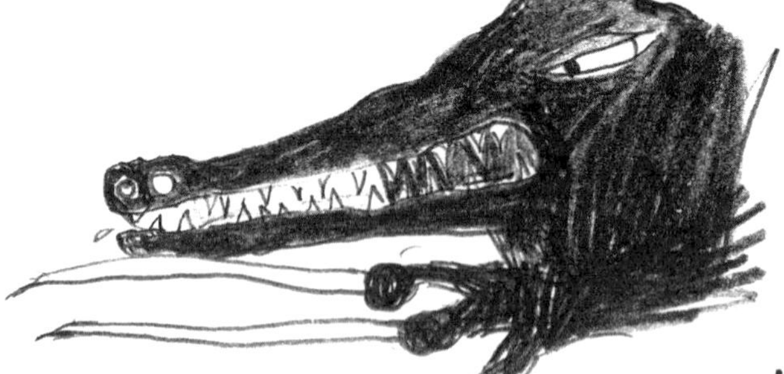

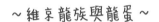

「謝謝你。」小嗝嗝說。

「過去發生的事，我也不怪你，其實我也不怪**她**……好吧，我還是有點氣她……」超自命不凡承認。「我實在想不明白，她為什麼要和那個野蠻的史圖依克結婚……」

「你說的野蠻人是我父親！」小嗝嗝忿忿不平。「你和他多多相處，就會發現他其實有很多優點的！」

「嗯，總之，我不想破壞我和阿爾的約定，」超自命不凡說。「可是你感覺是個好人，我想，阿爾和你之間應該是有什麼誤會吧。」

「你說的『好人阿爾』長什麼模樣，能請你說說嗎？」小嗝嗝不用問就知道答案了。

「我在十五年前和他初次見面，那時候他十分英俊瀟灑，」超自命不凡說。「他個子很高，留了一頭黑髮，即使在監獄那麼髒的環境，他還是把八字鬍保養得很漂亮——當然，他以前**四肢**都健在，打理頭髮鬍子比較方便。現在……

現在沒那麼好看了，他禿了頭，有些變胖了。他有隻手斷了，裝上了鉤子，一條腿也斷了，還有一隻眼睛被眼罩遮住——」

「**我敢發誓，那絕對是奸險的阿爾文！**」小嗝嗝打斷他。「你居然把你的紅寶石愛心拿給**奸險的阿爾文！**」

奸險的阿爾文是小嗝嗝一生的死對頭，也是蠻荒群島最邪惡、最危險的男人。他落入鯊龍群盤踞的海裡時，小嗝嗝還以為他死定了，沒想到阿爾文就是死不了。

這就表示，瓦爾哈拉瑪不是超自命不凡想像中那個背叛情郎的壞姑娘。阿爾文**怎麼可能**幫超自命不凡轉交紅寶石愛心呢？他鐵定是自己留著寶石，又瞎掰了瓦爾哈拉瑪把寶石丟到海裡的故事給超自命不凡聽。

「什麼阿爾文？」超自命不凡困惑地問。「我沒聽過這號人物。」

「奸險的阿爾文，他是全蠻荒群島最邪惡的男人。」小嗝嗝回答。

「這麼說就不對了。小嗝嗝，阿爾是誤會了你，可是你也不能怪他啊，誰被推進滿是鯊龍的海裡都會心懷怨恨的。」超自命不凡說。「我敢保證，你們兩個如果面對面好好談談，一定能言歸於好。」

小嗝嗝坐在床上思考下一步該怎麼辦。

「我終於明白老阿皺為什麼坐在洞裡了。」小嗝嗝說。

「老阿皺是誰？」超自命不凡問。

「老阿皺是瓦爾哈拉瑪的父親，」小嗝嗝說。「也就是我的外公。當初應該就是他派你去執行不可能的任務，叫你帶著火焰石回來的吧？」

「**哈！**」超自命不凡怨憤地說。「這一切都是他的錯！」

「他顯然也這麼認為，」小嗝嗝說。「大約一個月前，他說我們將面對世界**末日**，是他干涉了命運，這都是他的錯。他還發誓要永遠緘默，無論事情往好的方向還是不好的發展，在這一切結束前他要一直待在洞裡，再也不干涉命運。

「我們當時都沒怎麼去注意他，」小嗝嗝說。「畢竟老阿皺有時候怪怪的。

聽完你的故事，我終於明白事情原委了，我要去請他給我一些建議。他之前立下緘默誓言，要請他開口沒那麼容易，但我還是得試試看。」小嗝嗝叫醒沒牙，把睡眼惺忪的小龍放在肩膀上，轉向超自命不凡。「你要一起來嗎？你**還是**我的寶鑣喔。」

超自命不凡面紅耳赤：「你確定還要我當你的寶鑣嗎？」

「當然囉，」小嗝嗝說。「我覺得你是很好的寶鑣，就連你要殺我那幾次，還是很盡責地救了我。你願意跟我握手言和嗎？」

超自命不凡臉上憂愁的陰影消失了，他露出笑容。

兩人握住彼此的手。

時間正朝我的方向滴答流逝
火山一天天震顫
有一天它會將我
從殼裡震出來
我將伸長火紅爪子
帶著烈焰一飛沖天
然後……
火焰將成為海洋
流下山壁
樹木將成為蠟燭
用火舌舔拭蒼空
我會將所有花朵與小東西
變為美麗的灰燼與塵埃。

第九章　該如何請一個立下緘默誓言的人給你建議？

老阿皺的地洞，其實是個大約六英尺寬、非常非常深的枯井，小嗝嗝每天都會帶食物去探望他。

小嗝嗝小心翼翼地順著梯子爬下去，枯井深處較涼快，能暫時脫離溼熱的地表也不錯。外公已經醒來了，正坐在小凳子上抽菸。

「不得不說，」小嗝嗝邊說邊在外公身旁坐下。「你運氣真好，如果不是今年夏天這麼熱，洞底的積水和泥巴應該有腳踝那麼深吧。」他尷尬地清了清喉嚨。「我剛才聽超自命不凡說了以前的事……還有火焰石……還有火山……還有十五年前發生的一切。」

外公別過頭，避開小嗝嗝的視線。

「奸險的阿爾文**為什麼**非要殺我不可？」小嗝嗝自言自語。「他大可待在熔岩粗人島上等火山爆發啊。他應該覺得我會想辦法擾亂他的計畫……可是我又能做什麼？我又不可能阻止火山爆發！」

叼著菸斗的老阿皺停下吸菸的動作，拿起一本書，翻到某一頁，用一根瘦骨嶙峋的手指指向書上的文字。

小嗝嗝看到以下這行字：**熔岩粗人島之謎**。

井口傳來響亮的喇叭聲，召集所有維京人進行「那東西會議」。在「那東西會議」中，只有拿著火焰石的人有權發言……而那顆火焰石，正是十五年前偉大的史圖依克為了贏得壯美人瓦爾哈拉瑪芳心、特地從火山裡偷走的火焰石。

「**火焰石！**」小嗝嗝大喊。「如果我們把火焰石放回火山裡，就能阻止火山爆發！」

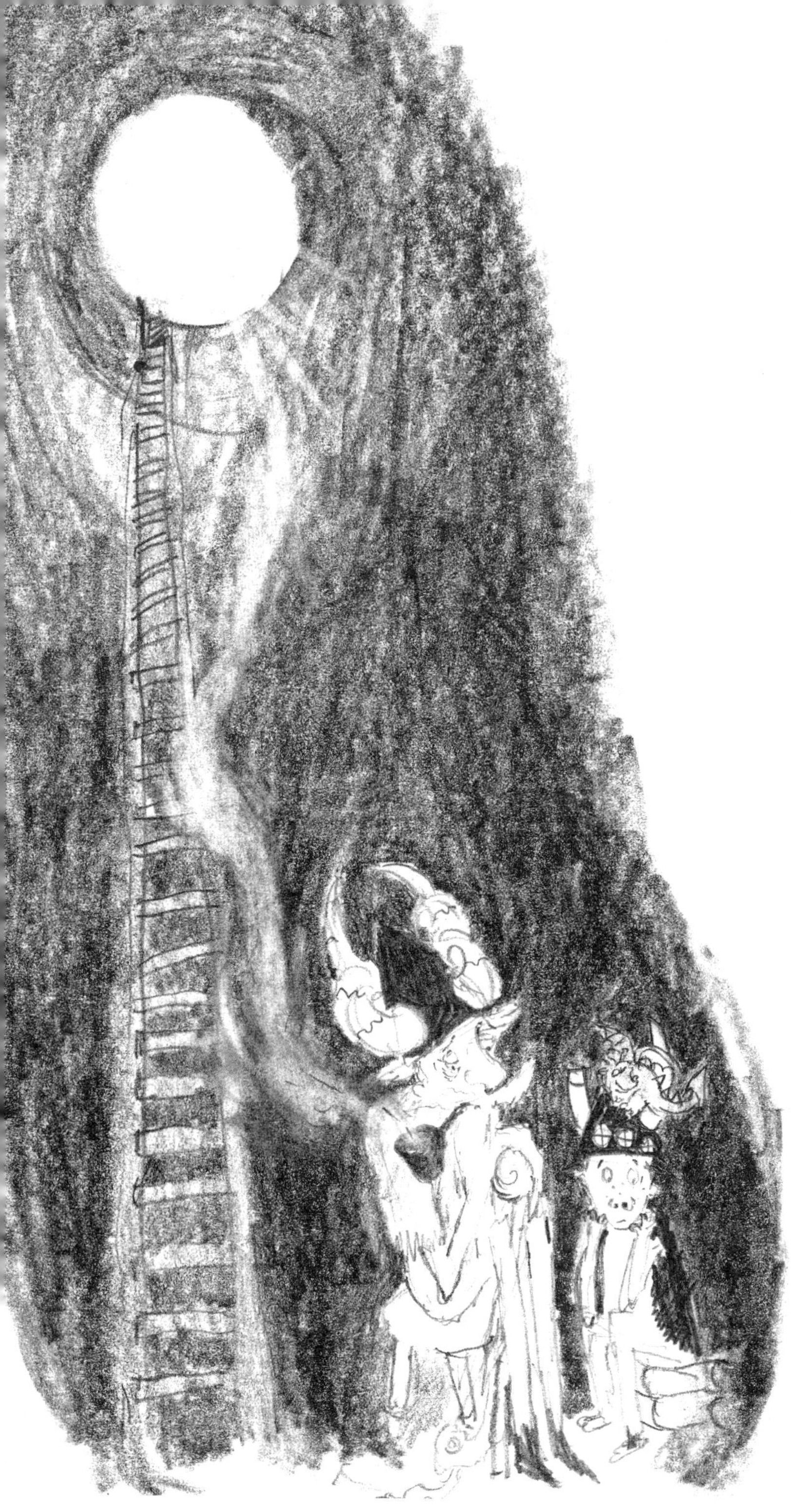

「外公你別擔心，」小嗝嗝說。「我會讓一切恢復正常的。」

小嗝嗝順著梯子往上爬，爬回現實世界。

熔岩粗人島之謎

我卑微的兄弟雪白如牛乳，無門的牆柔軟若綢布。我是烈火般的黃金，我是無價之寶，誘惑人心。若敲開火焰石之門，你將成群島唯一主人。

第十章 「那東西會議」

對維京部族而言，「那東西會議」是非常進步的盛事。

會場是大山丘上一個巨大圓坑，坑裡鑿出了階梯，形成大型圓形劇場。階梯上長了石楠，若在平時，坐在石楠上很舒服，可惜會議主辦者沒料到石楠會被燒成焦灰。

在進入圓坑前，所有人將武器疊成一堆，以免開會開到大打出手。

凶殘瘋肚正在和殘酷傻瓜部族族長牟加頓談話，牟加頓的兒子凶酷利也坐在一旁。歇斯底里部族族長瘋子諾伯緊張兮兮地摸著鬍子，他的寶貝戰斧放在會場外，兩隻手不曉得該做什麼，只能一直玩鬍子。

無情部族族長霸抓也在圓坑裡，忙著避開大胸柏莎。他在兩、三個月前從大胸柏莎那裡偷了幾頭馴鹿，現在超怕大胸柏莎大錘般的拳頭與令人窒息的巨胸。

惡狗笨蛋和勒索山大正在互相拳打腳踢，因為剛才勒索山大嘲笑惡狗笨蛋鮮黃色的緊身褲。

我前面不是說過嗎？霸抓之前偷了大胸柏莎的馴鹿，此刻大胸柏莎那個子嬌小、頭髮亂七八糟的女兒——神楓——正輕手輕腳地將癢龍從霸抓褲子後面倒進去，褲子的主人卻完全沒注意到。

維京人馴養的龍都在會場內部與上方互咬、尖叫，有的在人類腳邊竄來竄去、害人絆倒，有的和別隻龍扭打成一團，主人不得不將自家的龍抓回來。

火焰石

圓坑裡到處是忙著吼叫、忙著爭吵、渾身肌肉的人與龍，而坐在最前排的則是大塊頭史圖依克，他驕傲又威嚴地挺起胸膛，一副「我最重要」的模樣。

他前方有一個小基柱，火焰石就端放在基柱上。

這可是偉大的史圖依克「親自」用肥厚雙手偷走的石頭，因此他是今天這場會議的主角。

少了火焰石，「那東西會議」就辦不成了。

只有拿著火焰石的人有資格發言，這樣大家才不會七嘴八舌爭著說話。

毛骨悚然圖書館員吹響喇叭，他用皺紋滿布的雙手捧起金色火焰石。「**選手請在場上就位！**」他有氣無力地說。

每個部族最優秀的戰士都走上前，鼓起肌肉彼此炫耀。

圓形劇場爆發激動的吼聲，所有人坐在滿是黑灰的階梯上，大聲幫自家部族的選手加油打氣。「**殘酷傻瓜加油！**」「**痛揍蠢貨，殺啊！**」「**維西暴徒！維西暴徒！維西暴徒！**」之類的喊聲不絕於耳。

毛骨悚然圖書館員又吹了一聲喇叭，將火焰石拋到空中。

場上一片混亂，戰士們互相推擠，想辦法擠到火焰石下方。坐在階梯上的觀眾高聲吼叫，幾乎無法克制衝下去一起搶石頭的衝動。

在那（或許可稱之為）光榮的一刻，淒涼部族的短腿接住了落下的火焰石。

下一秒，短腿和火焰石一起消失在海潮般嘶吼著的肌肉、手臂、腿腳與刺了青的拳頭下。

偉大的史圖依克若無其事地觀戰，他站在基柱旁，等著自家戰士帶著火焰石歸來。

果不其然，幾分鐘後，打嗝戈伯的手從不斷扭動、掙扎的人海中伸出來，將火焰石丟給凶惡雙胞胎之中塊頭較大的那個，大塊頭將石頭長傳給偉大的史圖依克……

……史圖依克閃過殘酷傻瓜部族的牟加頓，迎面撞向凶殘瘋肚，用那肥滋滋的手接住火焰石，將它放在基柱上。

「**觸地得分——！**」毛流氓部族愉快地歡呼。「**大家安靜！史圖依克！史圖依克！史圖依克！**」

根據「那東西會議」的規則，現在大家必須**完全靜止不動**，安靜聽史圖依克說話。剛才爭球的戰士們只能停下動作，手腳毫不友好地糾纏在一起，等史圖依克說完。

偉大的史圖依克拿著火焰石，自負地清了清喉嚨，開始發言。

「各位朋友，各位敵人，各位野蠻人！」偉大的史圖依克咆哮道。「我們現在面對一個共同的敵人，這是過去數百年沒出現在蠻荒群島的敵人——滅絕什麼的東東。這些滅絕東東就要來了，而且好像有很多隻，你們說，**我們應該學那些膽小的熔岩粗人小兔兔，逃離蠻荒群島嗎？**」

「**不——應——該！**」維京人群在焦黑的石楠上用力跺腳（講者發問時，你可以回答問題）。

「可以再說一次嗎？」被其他選手壓在地上的短腿問。剛才霸抓的手肘卡著他的耳朵，他什麼也沒聽見。

「**我們要『戰鬥』！**」偉大的史圖依克尖叫。「**大家跟我一起，好不好？**」

「**呀啊啊啊啊啊！**」大家愉快地高喊。

「**我們怎麼能被火山爆發這種小事打敗？我們是那種廢物嗎？**」偉大的史圖依克用最大音量問。

「**才——不——是！**」維京人們齊聲回答。

「**沒錯！我們他藤壺的才不是那種廢物！**」偉大的史圖依克大吼。「**因為我們是野蠻人，野蠻人永不投降！夥伴們，一起來唱野蠻人之歌，好不好！**」

在場所有維京人一躍而起，熱情唱歌，史圖依克則像打亂撞球一樣單手握著火焰石，另一隻手忙著指揮大合唱。「**野蠻人萬歲，野蠻人是浪濤之主……維京人永遠永遠永遠不為奴……**」

小嗝嗝和超自命不凡是在喇叭第二次被吹響後抵達「那東西會議」會場，

超自命不凡看著這幅畫面，目瞪口呆。

他作夢都沒想過世界上存在這樣的民主制度。

「好的，」小嗝嗝小聲說。「我父親發言的時間快結束了，你過去基柱那邊等著，準備用火焰石觸地得分……」

神楓準備　盜竊

「沒問題。」超自命不凡優雅地鼓起巨大的二頭肌，他體能這麼好，應該能輕鬆贏球。小嗝嗝走到正大聲幫沼澤盜賊部族喊加油的神楓身旁。

神楓雖然是不同部族的孩子，卻也是小嗝嗝的朋友。

「神楓，妳可不可以幫我一個忙，待會喇叭聲響起時，妳溜

到場上幫我把石頭偷走，好不好？」小嗝嗝問。

「可是我跟你不同隊耶！」神楓驚訝地說。

「我不是毛流氓隊的選手，」小嗝嗝解釋道。「我自己創了一隊。」

「喔，那好啊。」神楓興奮地說。「謝謝你選我！」她母親——大胸柏莎——總是說她個子太小，不能參加「那東西會議」的球賽，今天她終於能大展身手了。

「妳搶到石頭以後，把它丟給那邊那個很帥的大個子。」小嗝嗝指著超自命不凡說。「妳做得到嗎？」

「我當然做得到，」神楓嗤之以鼻。「我們沼澤盜賊**什麼**都能偷。你一定沒偷過凶殘瘋肚穿在屁股上的內褲，對不對？跟那個比起來，偷一顆石頭實在太簡單了。小嗝嗝，你等一下就看我示範，好好學起來吧……」

神楓歡快地蹦向會場中心。

毛骨悚然圖書館員吹響喇叭，表示史圖依克的一分鐘發言時間結束了。

在觀眾的吼聲中，史圖依克將火焰石拋到空中，爭球區有無數條手臂往上伸，石頭很快消失在手臂林中。

史圖依克信心滿滿地等打嗝戈伯再次把石頭傳出來，給他第二次發言機會。打嗝戈伯是全蠻荒群島實力

最強的亂撞球員，通常「那東西會議」一都由史圖依克與毛流氓部族主導。

然而這次，史圖依克震驚地發現，金色火焰石脫離纏在一起的人叢時，竟是被一個金色長髮的小女孩抱出來。女孩從一個高大的維西暴徒雙腿間鑽出來，靈巧地閃過大塊頭痛揍蠢貨的撲擊，用漂亮的長傳將石頭丟給……

……超自命不凡，真是的，奧丁大神的腋窩啊，「他」怎麼會站在場上？「他」怎麼還是那個討人厭的完

美英雄樣？

史圖依克怒氣沖沖地大步走向超自命不凡，試圖截下火焰石。

超自命不凡按捺不住在眾人面前表現的衝動，他側步閃過史圖依克，接住石頭後還從左手拋到右手、右手再拋到左手。史圖依克笨拙地搶石頭時，超自命不凡用一根手指頂著火焰石滴滴溜溜轉個不停，將石頭舉在史圖依克面前……接著優雅地將火焰石放在基柱上。

超自命不凡不過是稍微愚弄史圖依克一下，又有誰能責怪他呢？

「**觸地得分——！**」觀眾齊聲大吼。「**好石技！**」

「**不公平！這傢伙是哪個隊上的選手**!?」偉大的史圖依克怒喝。

超自命不凡把火焰石拿給小嗝嗝。

小嗝嗝尷尬地清了清喉嚨，走到基柱前。

怎麼這麼難啟齒？

「呃，父親，對不起，他是『我』這一隊的。**大家聽我說，石頭在我手裡！**」小嗝嗝高呼。「滅絕龍就像一場瘟疫，他們太強了，我們無法戰勝他們。大家，這位是大英雄超自命不凡。」

圍觀的維京部族紛紛驚奇地倒抽一口氣，大喊：「**哇！**是大英雄超自命不凡耶！他過去十五年都跑哪裡去了，怎麼沒有他的消息？」

還有人說：

「大英雄超自命不凡——是那個殺死無禮撕毀者的英雄嗎？噢，你們看看他的八字鬍，說不定我也該把鬍子弄成那樣……」

小嗝嗝舉起一隻手，示意眾人安靜。「超自命不凡去了熔岩粗人島，他說那裡有**好幾千顆**滅絕龍蛋，是不是啊，超自命不凡？」

小嗝嗝將火焰石交給超自命不凡。

「沒錯，」大英雄超自命不凡說。「有**好幾十萬顆**滅絕龍蛋……相信我，跟那些生物戰鬥沒有用，這是我身為前英雄的經驗。」

維京人都被說服了。

如果連全蠻荒群島最勇敢、最酷的大英雄超自命不凡——殺過無禮撕毀者、和口水者戰鬥過、完成了幾千次大冒險的超自命不凡——都覺得應該逃命，那現在絕對應該逃命。

眾人一躍而起，殘酷傻瓜、痛揍蠢貨、醜暴徒等所有的部族都準備逃出圓形劇場。

「**等一下！**」小嗝嗝大叫。「**石頭還在我手上！逃跑並不是唯一的選擇，我父親說得也很有道理，我們不能投降……我們可以把火焰石放回火山，看能不能阻止火山爆發……**」

可是沒人在聽，全體陷入恐慌，爭先恐後地逃出圓形劇場，急著逃回港口乘船離開蠻荒群島。

「呃……族長，現在該怎麼辦？」打嗝戈伯問。

史圖依克臉色比雷雲還陰沉。

「**我被自己的兒子背叛了！**」他氣呼呼地說。

小嗝嗝微微一縮。

史圖依克從小嗝嗝手中搶過火焰石，挺直高大的身軀。

「**小嗝嗝想逃跑。**」他大喊。

「父親，不是的，」可憐的小嗝嗝說。「我不是那個意思，拜託你**聽我說**，我覺得我們應該——」

「**閉嘴！**」史圖依克大吼。「**小嗝嗝，你說得夠多了！現在石頭拿在『我』手上！**」

小嗝嗝不再說話。

史圖依克竭力克制住自己的脾氣，用族長的威嚴語氣接著說：「我兒子想逃跑，你們其他人要跑就請便，可是我本人哪都不會去。我會留在這裡，戰鬥到最後一刻。何倫德斯・黑線鱈家的家訓就是『永不投降』。」

毛流氓們你看看我，我看看你。

「我們跟你一起奮鬥！」鼻涕粗高喊。

小嗝嗝難過地看著父親拍拍一臉壞笑的鼻涕粗，還說至少**有人**有何倫德斯・黑線鱈家的精神。

「**永不投降！**」毛流氓們歡呼。

他們合唱：「這是**我們**的沼澤……這是**你們**的沼澤……」男聲合唱實在太美妙了，天神若是在雲端聽到這段歌聲，應該會忍不住哭出來。

「唉，真是的。」小嗝嗝垂頭喪氣地呻吟。

「小嗝嗝，你還在那邊幹什麼？」父親冷著臉問。「你不是要走了嗎？」

史圖依克嚴肅地指著圓形劇場的出口。

小嗝嗝隊走出圓坑時，魚腳司已經背著逃難包在外面等他了。

「結果呢？」魚腳司興奮地問。「大家好像恍然大悟，全都逃走了。」

「只有我們毛流氓部族要留下來。」小嗝嗝悶悶不樂。「因為我們『永不投降』。」

「不投降很好啊。」神楓不知從哪裡冒出來，揮著劍說。「我們沼澤盜賊部族真丟臉，竟然看到一點危險就像小兔兔一樣逃走了。所以呢？小嗝嗝，你有什麼計畫？小嗝嗝隊現在要怎麼做？」

「我們不能丟下其他毛流氓，自己逃走。」小嗝嗝說。「看他們的態度，不管發生什麼都不打算走了……所以，我們得**自己**想辦法阻止火山爆發。」

魚腳司聽得瞠目結舌。「我聽錯了吧。」他說。「什麼叫『阻止火山爆發』？我們怎麼可能阻止火山爆發？要用手嗎？要好聲好氣請它不要爆發嗎？」

「過去幾千年來，是火焰石讓火山維持休眠狀態，既然它力量這麼強，」小

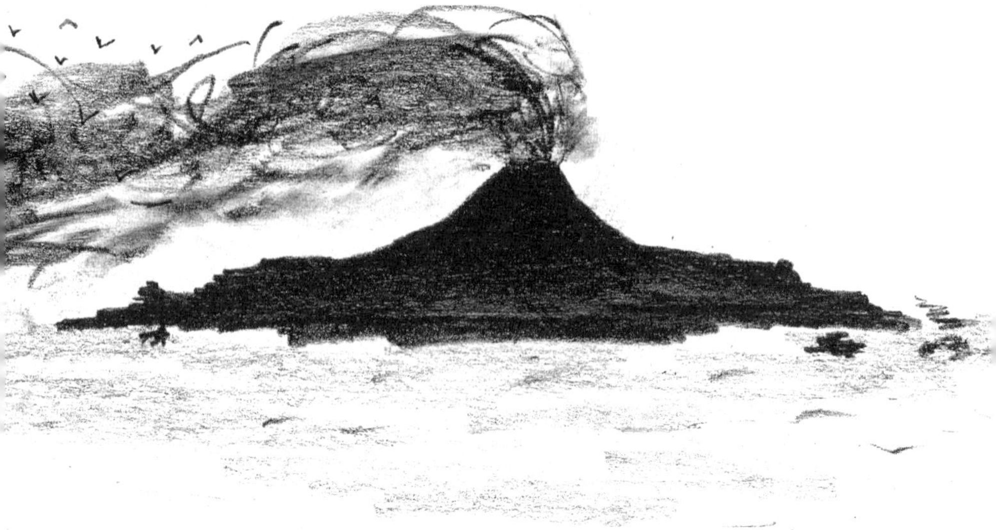

嗝嗝說。「我們把它**放回**火山裡，也許就能阻止火山爆發……」

「『也許』！」魚腳司尖叫。「那如果它不能阻止火山爆發呢？」

小嗝嗝沒有說話。

「喔喔，好棒棒！」神楓粲然一笑，一想到要展開危及性命的冒險，她就開心得不得了。

她從背心取出火焰石。

「石頭怎麼在妳那裡？」小嗝嗝驚呼。

「我趁史圖依克唱歌的時候，直接把石頭偷走了。」神楓輕描淡寫地說。

超自命不凡轉身要走，卻被小嗝嗝阻止。

「你要去哪裡？」小嗝嗝說。「我需要你帶我們去熔岩粗人島。」

「說得也是，我現在還是你的寶鑣。」超自命不凡說。「可是我只會陪你們到島上。爬火山是英雄才做得到的事，而我已經永久退出英雄這個行業了。」

「好。」小嗝嗝簡短地說。「那我們現在只要借一艘快船，乘船去熔岩粗人島，在火山爆發前把火焰石丟進去，再乘船回家就好了。你們跟我來。」

「我們**只要**做這些？**只要**？」魚腳司高聲抗議。

他們擠入在港口努力逃命的維京人群。

他們借用毛流氓船隊最快的「遊隼號」，即將出發。

「我們一定會帶它回來的。」小嗝嗝愧疚地自言自語。「要是失敗了……嗯，要是失敗，那有沒有把船開回來都不重要了。」

隨著太陽日的烈日升上高空，小嗝嗝、魚腳司、神楓、前英雄超自命不凡、沒牙、風行龍與白龍「樂觀」地乘船離開毛流氓港，準備阻止火山爆發大冒險。

第十一章 阻止火山爆發大冒險

遊隼號果然速度非凡。

天氣還是熱得像烤箱裡頭，但空氣中飄著即將變天的氣息，彷彿暴風雨將至。

過去數月，博克島周遭的海洋一直和水灘一樣，靜得令人毛骨悚然，不過一陣熱風從昨夜颳了起來，吹起制高點的焦灰。灰燼飄過博克島，秋葉般飄至乖戾海上。

兩小時後，熱風把遊隼號吹出蠻荒群島，進入開放海域。上空持續出現飛離熔岩粗人島的龍群，還有從同一個方向吹來的不祥煙雲，小嗝嗝等人每隔一陣就會聽到隆隆聲，不確定那是雷聲還是火山爆發前的聲響。

如果我能好好對父親解釋我要做的事，那該有多好……小嗝嗝不捨地遙望博克島的輪廓，心想。他不是故意的，他真的很努力了，可是不知為何，小嗝嗝總是讓父親失望。**如果他不把我當成叛徒，那該有多好……如果我們失敗，他就會以為我真的逃走了……如果他能聽我說話，那該有多好。**

史圖依克很少認真聽人說話。

魚腳司緊抓著他的逃難包，喃喃自語：「這個主意一點都不好……一點都

不好……一點都不好……」

「小嗝嗝，我不知道那個魚臉男孩在團隊中有什麼作用。」超自命不凡小聲說。「你是領隊，那個金髮小女生負責拿火焰石，那『他』呢？他好像只會散發負能量。」

「別被他的外表騙了。」小嗝嗝小聲回答。「他可是狂戰士。」

「真的假的？」超自命不凡訝異地說。他見過的狂戰士通常都比較壯實，沒有患氣喘、沒有溼疹，也沒有X形腿。

航行好一段時間後，熔岩粗人島的輪廓終於出現在天邊，不斷冒煙的火山也映入眼簾。看到這陰森的畫面，就連沒牙也大膽不起來了，牠飛去坐在小嗝嗝肩膀上。

這座小島似乎囚禁住長年的痛苦，島嶼焦慮地震動，附近海水隨之瘋狂擺盪。

焦黑的島上有一些類似痘痘或膿瘡的黃綠色點點，彷彿患了致命傳染

病……不過遊隼號接近熔岩粗人島時，眾人才發現那些不是痘痘，而是龍蛋——數以千計的滅絕龍蛋。邪惡的龍蛋正在等火山爆發，到時滅絕龍群就能孵化，將黑暗與毀滅散布至整片蠻荒群島。

小嗝嗝等人找到一片馬蹄形狀的海灘，開著遊隼號掠過淺海，直到船腹擱淺在黑色沙地上，在黑泥中停止前進。

風行龍很顯然不打算踏上這座小島。

超自命不凡嘆息一聲。「我會把船開到離海岸遠一點的地方等……」

超自命不凡沒有說完，但剩下半句話沉甸甸地飄在空氣中：**等你們……前提是，你們遇到天大的奇蹟，能活著回來**。

「祝各位好運。」超自命不凡喊道。

三位不像英雄的小英雄心不甘情不願地踩著沙泥，走向內陸。

魚腳司帶著行李上岸。

他也知道這樣很蠢，可是把逃難包帶在身邊就像隨時能逃走，比較有安全感、為他提供一點勇氣。而且這樣一來，他到時候上英靈神殿才有乾淨的襪子和內褲可以穿。

第十二章　歡迎光臨熔岩粗人島

滅絕龍蛋多得不可思議，小嗝嗝等人不得不小心翼翼行走，免得踩到龍蛋。這些都是幾百年前產下的蛋，它們幾乎完全被土壤掩埋，上頭本來長了青草、苔蘚、石楠與蕨類，但現在植物被焚燒殆盡，巨大如白蛆的龍蛋暴露在烈陽下。

蛋內傳出十萬火急的搔抓聲，三個小維京人起初還不曉得那是什麼聲音，不過越往上爬，看到的龍蛋就越透明，接近火山的龍蛋失去了培根油脂般的不透明白色。

這些龍蛋的蛋殼被磨得很薄，表面還有許多細紋，看上去像隨時會破裂的瓷器，顯然快要孵化了。有些蛋殼薄到變得透明，小嗝嗝能清楚看見憤怒地蜷縮成一團的小滅絕龍。

過去數百年，小滅絕龍長得太大了，卻一直被囚禁在小小的龍蛋裡，此時牠們扭曲成詭異的形狀，正用爪子不停對蛋殼又抓又刮，發出急促的搔抓聲。

一旦你和滅絕龍對視，就再也忘不了牠們的眼睛。滅絕龍眼中帶著最純粹、最濃稠、最熾熱的「怨怒」，虹膜氣得不斷顫動——只要對上牠們的眼睛，以後無論是醒著還是作夢，都逃不過那個眼神的騷擾。

三個維京人爬過黏滑恐怖的半透明龍蛋，看到裡頭的滅絕龍火冒三丈地將視線轉向他們，搔抓聲變得更尖銳刺耳。

「噁……太噁心了……」魚腳司呻吟道。他驚叫一聲從蛋上滑落，臉貼著其中一顆龍蛋，和蛋裡那顆瘋狂的眼睛與不停刮著蛋殼的劍爪之間，只剩一層硬殼。

確認這些肉食龍真的真的困在蛋裡後，沒牙當然忍不住要嘲弄牠們一番。

牠飛上前，降落在一顆蛋上，對著囚禁在蛋內的生物吐舌頭、扮鬼臉，讓小滅絕龍氣得試圖撲擊牠，但無論小滅絕龍再怎麼用力，也只能讓躺在焦炭上的龍蛋微微搖晃。

沒牙覺得這很好笑，儘管小嗝嗝一再告訴牠**不要**惹怒滅絕龍，牠還是不停嘲弄蛋裡的滅絕龍。

龍族都多少有點殘忍，沒牙甚至

幫滅絕龍編了一首歌，邊唱歌邊飛在龍蛋上發出放屁聲，還用鼻子把龍蛋推下山坡。

「抓、抓、抓、抓不到我

小、小、小、小不點滅絕寶寶

沒有腳的青蛙
搖籃裡的蝌蚪
我看到你們在蛋裡
哭哭
可是你們抓、抓、
抓……不到……我！」

無論走到哪裡，他們都能看見火金礦場陰森可怕的入口，那一個個入口冒出蒸氣混合金塵的煙雲。小嗝嗝用力吞了口口水，望向陰森的黑洞，洞底有鮮亮危險的熔岩小河，一想到可憐的風行龍像沒有翅膀的蒼蠅般被迫在裡頭爬行，小嗝嗝就覺得難過。

熔岩粗人村更可怕，小嗝嗝不禁想像超自命不凡過去十五年被這些貪婪的野人奴役，過的究竟是什麼生活。

到處都有**籠子**、鐐銬、鎖鏈、鞭子和形形色色的武器。小屋的窗戶裝了鐵柵，床鋪不是岩石就是鐵做的。難怪可憐的超自命不凡再也不想踏上這座該死的島嶼半步。

小嗝嗝、魚腳司與神楓繼續前行，魚腳司走得比較慢，卻仍堅持背著自己的逃難包，即使氣喘如牛也不願拋棄這些家當。

每隔一段時間，他們會經過古怪的人造雕像，超自命不凡曾提過的雕像，每一尊都擺在顯眼的岩石上，附近每一顆龍蛋都能看到雕像。

那些是人臉雕像，每一尊都是尋常人臉的三倍大小，看起來有那麼**一點點**像小嗝嗝印象中的奸險的阿爾文。

說到阿爾文，小嗝嗝到現在還沒看到奸險的阿爾文本人。

目前為止，他們的冒險輕鬆得驚人。

一路上都沒遇到任何困難，現在他們距離火山頂只剩四、五百公尺。

現在，他們只要爬到山頂，把火焰石丟進火山洞口，再跑回海港就行了。

快到了……

就快到了……

只剩五十公尺時，一隻黑色的腳出現在火山口邊緣。

那隻黑色的腳，長了五根和「劍」一樣又長又尖又閃亮的爪子。

火山頂爬出一隻宛如巨型蛞蝓

的**滅絕龍**，肌肉糾結的噁心身體滑溜溜地爬下來，小嗝嗝發現牠體型是獅子的三倍。綠色口水自獠牙滴落，賁張的鼻孔呼出大朵大朵的蒸氣雲。

牠的臉憤憤地扭曲，強酸般的怨怒使牠眼睛暴凸，恐怖的尾巴和龍角似乎都燃著火焰。牠用後腳直立起來，十根駭人劍爪劃過空氣時，小嗝嗝隔著牠透明的防火皮膚看見牠胸腔內部，兩顆巨大的黑色心臟鼓動著將滾燙黑血送到全身上下，血液流速與血壓都是其他生物的二十倍。

牠張開血盆大口**暴吼**，使三個維京孩子背脊一陣戰慄，心跳如慌亂的兔子心一樣快速跳動。

如此狂野的生物怎麼可能受人類控制呢？可是滅絕龍嘴裡是一

塊紅銅色金屬龍勒，牠背上那雙巨大黑翅之間，坐著一個高高瘦瘦的奸邪人影。

那個男人一條手臂末端裝了紅銅鉤爪，他用鉤爪拉扯金屬韁繩，努力控制住他狂怒得直立起來的坐騎。他用握著黑鞭的另一隻手鞭打滅絕龍體側，直到黑龍放下前肢，嘶吼著、蹉著腳、近乎不受控地屈服於他的淫威。

魚腳司、神楓與小嗝嗝倒退幾步，神楓緊抱著懷裡的火焰石。黑衣男拉起防火衣的頭套。

那張臉和島上那些雕像一樣沒有毛髮——沒有眉毛、睫毛或鬍子——嘴巴咧開討人厭的燦笑，露出太多顆牙齒。

一隻眼睛炯炯有神，比蛇的咬合還要銳利；另一隻眼睛不見了，原本的位置覆上眼罩。

一條長手臂戴著黃金龍手環。

另一條手臂比較短，末端是狀似紅銅問號的鉤爪。

「你好啊，小嗝嗝·何倫德斯·黑線鱈三世。」奸險的阿爾文慢悠悠地說。

他把鞭子塞回腰帶，解下手上的鉤爪，裝上他的暴風寶劍。「能再次遇到你，真是**太好了**。陽光這麼明媚的太陽日下午，你們三個小淘氣想上哪兒去啊？」

你好啊，小嗝嗝‧何倫德斯‧
黑線鱈三世

第十三章　與此同時，博克島上……

在阿爾文拆下鉤爪之時，博克島上的史圖依克正悶悶不樂地和戰士們站在一塊，看著其他維京人擠在毛流氓港，努力逃離博克島。

他討人厭的姪子——鼻涕粗——悄悄走過來，醜臉掛著一抹諂媚的笑容。

「超自命不凡跟小嗝嗝已經逃走了。」他冷笑著說。「他們還偷了遊隼號。」

「**遊隼號**？」偉大的史圖依克怒吼。「他們偷了我的遊隼號？」

不要臉的叛徒！

偉大的史圖依克最愛遊隼號了，那是一艘黑藍相間的美麗窄船，而且還是

全蠻荒群島最快的船隻。那個自以為了不起的超自命不凡不僅帶壞了史圖依克的兒子、拉著他一起逃跑，還不要臉地偷了史圖依克最喜歡的船！

「沒錯。」鼻涕粗幸災樂禍地在一旁搧風點火。「我半個小時前看到他們開開心心地乘船往西方去了。」

史圖依克張開嘴巴，準備大罵。

然後又閉上嘴巴。

「往西方？」他困惑地重複。「你確定他們是往**西方**航行？」

他沒有等鼻涕粗回答，逕自轉向左方，用一隻大手擋住刺眼的陽光。

他遠遠看見遊隼號彎曲的白帆消失在西方天際，那確實是遊隼號的船帆，他不會看錯的。

「其他人都逃往**南方**了！」史圖依克咆哮。「西方是熔岩粗人島，那裡有火山跟那些滅絕什麼東東的！我兒子幹麼逃去**西方**？」

即使是腦子不太靈光的史圖依克，也知道兒子犯了大錯。

站在一旁的戈伯輕咳一聲。「呃……族長，他好像**不是**要逃跑。剛剛開『那東西會議』時，他不是說要把火焰石帶回火山、阻止火山爆發嗎？」

史圖依克安靜片刻。

「是嗎？」他興奮地問。

史圖依克不知該作何感想。

一方面來說，他很高興——他兒子沒有要逃跑，沒有背叛部族，也沒有讓高貴的黑線鱈家蒙羞。

另一方面來說，他覺得小嗝嗝**瘋了**。

把火焰石放回去？要是火山爆發，滅絕龍全都孵化了怎麼辦……

太誇張、太瘋狂、太危險了……

……這不正是**毛流氓英雄**該有的行為嗎！

「**那我們還在這裡幹什麼？**」史圖依克大吼。「**我們應該去幫幫那小子啊！**」

準備開藍鯨號出航！把我的戰斧拿過來！（鼻涕粗，謝謝你提醒我。）**大家朝海港行進！一、二、一、二、一、二！」**

可惡，鼻涕粗心想。**我沒事幹麼亂講話？**

第十四章　他鄉遇故知，真的是人生樂事嗎？

如果知道父親和毛流氓部族將乘船來幫助他，小嗝嗝應該會很高興。

但藍鯨號距離熔岩粗人島還有約一個小時的航程，小嗝嗝沒時間等他們了——他得面對更急迫的危險。

三個小維京人想也不想，就拔劍出鞘。

在這之前，神楓默默脫下毛茸茸的背心，小心把火焰石放在裡頭（此時阿爾文正在裝劍，沒注意到她的動作。你等等就會發現，這是個十分重要的細節）。

目的地就近在眼前，卻又如此遙遠。

魚腳司急著拔劍，結果手一滑，逃難包全撒在山坡上。

「奸險的阿爾文！」神楓忍不住說。「你是怎麼逃離鯊龍的？」（註7）

「親愛的小姐，多謝提問。」奸險的阿爾文邊用鉤爪掏牙縫，彷彿正舒舒服服地坐在椅子上，而不是騎在滅絕龍背上，站在即將噴發的火山口。「這件事說來話長。你們拆了我的寶貝陰邪堡，把我丟去餵鯊龍後，應該都以為我死了吧？」

阿爾文僅剩的眼睛燃起冰冷的怒火。

「我們哪有把你**丟去餵鯊龍**！」魚腳司抗議。「是你要殺我們的時候，自己摔下去的！」

阿爾文不理他。「親愛的孩子們，我必須告訴你，奸險的人是很難殺死的，非常、非常難殺死的喔。海裡的鯊龍飢腸轆轆，但我比牠們更渴望生存。

註7　想知道阿爾文和鯊龍的故事，請見《馴龍高手III：陰邪堡的盜龍賊》，這本書也很好看喔。

第一隻鯊龍奪走了我的眼睛，」阿爾文粗野地指向臉上的眼罩。「牠忙著吃我的眼睛時，我用暴風寶劍一劍殺了牠，然後爬進牠張開的嘴裡。我在牠的浮屍裡躲了很久，等鯊龍群獵食結束才爬出來。」

「好噁心。」魚腳司呻吟著皺起眉頭。

「的確很噁心。」阿爾文咬牙切齒。「但是你有生命危險時，沒有挑剔的餘裕。鯊龍群花了漫長的六個小時獵食，才順著夏季洋流游走，我用鉤爪勾住鯊龍浮屍的脊椎，努力往岸邊游。我們漂了很遠，而且我缺了眼睛、身體虛弱，耗費很長一段時間才游到岸邊。」他怨憤地說。「我**終於**接近陸地時，我放開之前藏身用、一路上給了我莫大幫助的鯊龍屍，結果它對我進行最後的報復。那隻鯊龍雖然死去多時，上下顎還是反射性咬緊，一口咬斷我的腿，我這條腿只剩膝蓋以上的部分了。」

「天啊。」對方雖然是阿爾文，小嗝嗝還是很同情他。

「是啊。」阿爾文說。「我好不容易回到陰邪島，卻發現羅馬人早就走光了，我只能在陰邪堡的廢墟裡躲避漫長的寒冬，讓身體復元，同時練習劍鬥術，整天夢想『復仇』的一天。」

「**天啊**。」小嗝嗝又說。

「是啊。」阿爾文說。「我已經對那隻**鯊龍**報仇，把那顆咬我的牙齒雕成義肢了，但我還沒對**你**——小嗝嗝．何倫德斯．黑線鱈三世——報仇。你欠我一隻手、一條腿、一隻眼睛，還有我頭上的頭髮，我今天就要你還債。」

「可是你失去那些東西，又不完全是我的錯！」小嗝嗝出聲抗議。「那都是你自找的！而且說到欠債，你不也欠可憐的超自命不凡很多東西嗎？你拿了他的愛心紅寶石，把他丟在可怕的金礦場當奴隸，還讓他以為他的戀人不愛他，明知他被人關起來做苦工還跟別人結婚——超自命不凡到底哪裡得罪你了，你為什麼這麼恨他？」

「恨不需要理由。」奸險的阿爾文怒罵。「那他欠我的呢？他明明答應要殺死你的。你想想看，如果他真的殺了戀人唯一的兒子，那真是造化弄人啊！我好想看到那一幕。

「我真的很努力讓他恨你，我對那個天真的傻子說了好多謊話，培養他的**憤怒**、怨恨，還有復仇的慾望……我想都沒想過他那樣的英雄會毀約，還是對他的**大恩人**毀約，真是的，」阿爾文說得慷慨激昂。「這年頭誰都不值得信任了！」

阿爾文嘆一口氣。「唉，小嗝嗝啊，既然他沒殺死你，那他應該也沒有完成任務的第二部分吧。」

「第二部分是什麼？」小嗝嗝詫異地問。

阿爾文揚起沒有毛髮的眉頭。「他沒告訴你嗎？」阿爾文柔聲說。「這就怪了，他怎麼沒告訴你呢？他應該要把**火焰石**帶來火山，交給我才對啊。」

神楓、小嗝嗝和魚腳司齊齊倒抽一口氣，退後一步，他們知道火焰石包在神楓的背心裡，現在就放在身後幾英尺處。

「火、火焰石？」小嗝嗝結結巴巴地努力拖時間。「什麼是火焰石？」

「小嗝嗝，你不要明知故問。」阿爾文冷笑道。「火焰石有許多祕密，其中一個是：滅絕龍非常懼怕它。所以，火焰石的主人能控制滅絕龍……進而控制全蠻荒群島。我叫超自命不凡把它帶來給我，他怎麼會沒把這件事告訴你們？」

阿爾文瞇起眼睛，盯著三個努力表現得一點也不在乎的小維京人。

然後，他心中有了想法，臉上有了笑容，毒蛇般滑順的笑容，露出太多太多顆牙齒。「或許，這是因為**你們本來就要把火焰石帶回來給我！**」

他仰頭得意地大笑，令人生厭。「**太妙了！**」

他抹掉眼角的淚水。

「小嗝嗝，你很聰明嘛，你是不是解開火焰石的另一個謎團了？你猜到它能阻止火山爆發，對不對？所以你們三個比我矮兩顆頭的小英雄帶著火焰

嘖嘖，你們幾個小朋友懷抱如此可愛的夢想，我都不忍心讓你們幻滅了……

石，大老遠來到熔岩粗人島，滿心希望能在最後一刻阻止大災難！太——可愛了……」阿爾文嘲諷道。

他像邪惡的大蜘蛛似地移向三個維京孩子，揮舞著暴風寶劍，邊諷刺地「嘖嘖」幾聲。

「你們只差一點點，」他憐憫地說。「差那麼一——點——點就要成功了！終點就近在眼前……卻又遠在天邊。**太**——可惜了。你們幾個小朋友懷抱如此可愛的夢想，我都不忍心讓你們幻滅了。」他嘆息一聲。「不好意思，我還是要打破你們的美夢，這是我的責任。」他的語氣多了一絲強硬。

「**小嗝嗝，把火焰石交出來。**」

「火焰石不在我這裡。」小嗝嗝頑強地說。

「真的嗎？」阿爾文不信。

沒牙從小嗝嗝的頭盔下探出頭，饒有興味地聽他們對話。

「明、明、明明就在！」牠結結巴巴地說。「它就在——」

小嗝嗝急忙摀住牠的嘴。阿爾文輕笑一聲，他不太會說龍語，但沒牙剛才說的話，他聽懂了。

「小嗝嗝，你的確很聰明，」他說。「但你應該早點學會像我這樣獨力辦事的，才不會被你身邊那些愚蠢的生物和人類害慘了……**在我脾氣失控前，快把火焰石交出來！**」

「**你作夢！**」小嗝嗝大喊。

奸險的阿爾文跳向小嗝嗝。「**滅絕龍，你去抓另外兩個人，記得要活捉，我需要他們的火焰石——小嗝嗝交給我對付！**」

滅絕龍凶狠地吼叫一聲，飛向神楓和魚腳司，牠用後腿立起來，十根劍爪在面前揮舞。

小嗝嗝及時舉起努力劍，擋住阿爾文用力劈向他胸膛的暴風寶劍。

神楓和魚腳司各持一把劍，和揮著十根劍爪的黑色大龍奮鬥，滅絕龍的十指伸縮自如、富有彈性，十分靈巧地刺擊，彷彿真的在鬥劍。

感謝索爾，至少阿爾文命令牠活捉神楓和魚腳司，而不是殺死他們。鬥了兩分鐘後，牠用左前肢抓住魚腳司。

一根手指將魚腳司的劍甩到空中，左後腿把魚腳司踢倒在地，五根劍爪分別釘在他肩膀上下，將他固定在地上。

神楓就比較難對付了，因為她是十分優秀的劍鬥士，還會邊打邊說話，讓人分心。

「你這隻慢吞吞、蛇舌頭、透明皮包包！看招！」她吆喝一聲閃過滅絕龍的劍爪，拉扯牠的觸鬚，使滅絕龍又痛又怒地號叫。

「愛哭鬼！」神楓愉悅地大喊。「小龍怪獸寶寶是不是要馬麻來親親抱抱啊？」

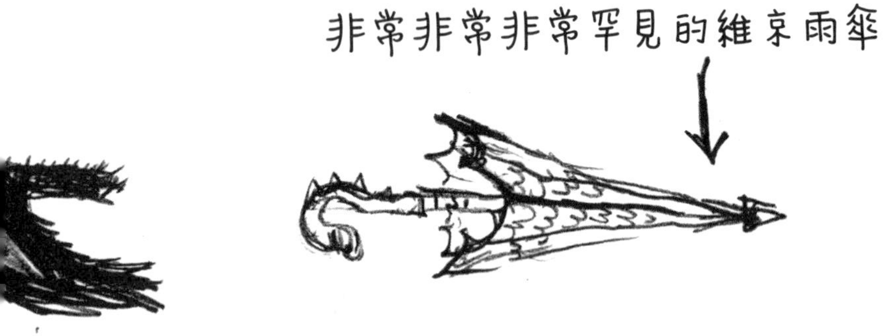

滅絕龍眼神變了，好像在說：「我**不管**首領怎麼說，反正我要殺了這隻可惡的小蟲子。」

牠憤怒地膨脹起來，五根劍爪更猛烈地揮砍刺擊，終於突破神楓的防線。又叫又踢的神楓整個人被抓了起來，五根劍爪同樣釘在她肩膀上下，把她固定在地。

現在，她動彈不得，滅絕龍沒那麼在乎她的辱罵了，牠流著黏液、黑豹般的頭擱在魚腳司與神楓之間，收起黑色翅膀，觀看小嗝嗝和阿爾文的戰鬥。

「超自命不凡說得對，」魚腳司鬱悶地對神楓說。「我在隊上真的一點用處都沒有。我剛剛有**試著**進入狂戰士模式，可是我只有在不想變狂戰士的

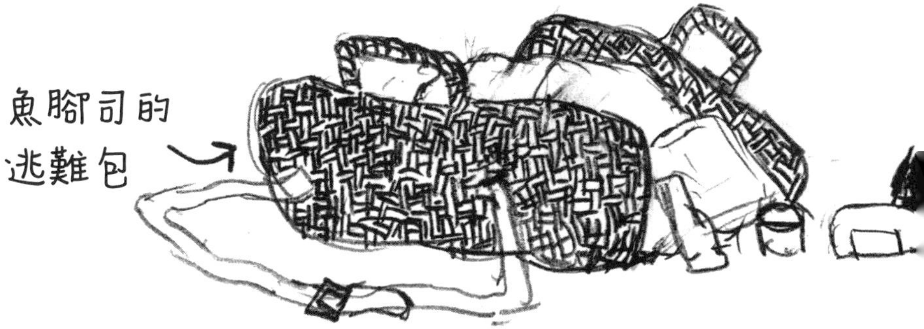

時候才會變狂戰士。**妳**至少有把火焰石偷出來，還跟滅絕龍打了一場，**我**都沒幫上忙，就算跟其他人一起逃命而不是跟你們來，那也跟現在差不多。」

但話不能這麼說。

有時候，一件事的好處並沒有那麼明顯。倘若魚腳司和其他人一起逃亡，他就不會背著逃難包來到這裡，你等等就會發現，他的逃難包其實非常有用。

從上次在卡利班洞

穴群裡的寶藏山和小嗝嗝對戰到現在，阿爾文一直勤練劍術。

小嗝嗝也有努力練劍。海盜訓練課程中，他只擅長劍鬥術，因此在課外時間找嚴厲蠢頭上劍術課。

阿爾文雖然比較高，手臂也比小

嗝嗝長，卻因為腿上裝了鯊龍牙義肢而行動不便，他咒罵著在火山上蹣跚行走。小嗝嗝就沒這個問題了，他步伐輕盈，能閃過阿爾文暴力的攻擊。

雙方勢均力敵，但阿爾文還有一個優勢：他喜歡「作弊」。

野蠻人社會中，如果在戰鬥間用鉤爪橫掃年幼的對手，別人會罵你沒有運動家精神。

如果你還在對方閃躲時用鯊龍牙絆他，維京人看到了一定會覺得你丟人現眼。

可是阿爾文才不管這些，他毫不愧疚地連續做了上述兩個動作。

小嗝嗝手腳亂揮，一屁股坐倒在地。

奸險的阿爾文得意地歡呼一聲，一把搶過小嗝嗝手裡的努力劍，把劍丟得遠遠的。

阿爾文搶走小嗝嗝的劍，舉起暴風寶劍準備給小嗝嗝致命的一擊，陽光照在他完整的手臂上那條蛇形手環上，閃閃發亮。小嗝嗝的大冒險本該到此結束，不過他運氣很好，摔倒時剛好跌在魚腳司撒了一地的逃難包之中。

小嗝嗝癱在地上，隨手抓起最近的東西砸向阿爾文的臉——好巧不巧，那東西恰好是一盒牙粉。

「呀啊啊啊啊啊啊啊啊啊——！」阿爾文尖叫。魚腳司的牙粉是老阿皺做的，這是老阿皺最受歡迎的配方，裡頭混了海草萃取物、海鷗糞便，還有讓口氣清新的綠薄荷。我不曉得這東西到底有沒有清潔牙齒的效用，但它弄進阿爾文沒瞎的眼睛時，確實有非常「刺激」的效果。

阿爾文一時間什麼也看不見，只能站在原地，小嗝嗝趁機跳了起來，把阿爾文的黃金手環從手臂上扯下來。手環緊緊黏在防火衣上，但小嗝嗝在危急時刻不知從何生出一股力氣，用力一扯就將它拔下來拋給沒牙。他大喊：「**把這個帶去給超自命不凡！**」

沒牙接住手環，被它的重量拉得全身一沉，差點跌倒在地。牠咬著手環，努力擠出問題：「**為、為、為什麼？**」

「去就對了！你這輩子就不能乖乖聽話這麼一次嗎！」小嗝嗝怒吼。「快啊！」

小龍轉身面向遠遠漂在海灣的遊隼號，直直飛出去，黃金手環的重量讓牠越飛越低。

這時，阿爾文終於能用布滿血絲、淚流個不停的眼睛看見小嗝嗝了，他氣得像牙痛的蛇，又跑去攻擊小嗝嗝。

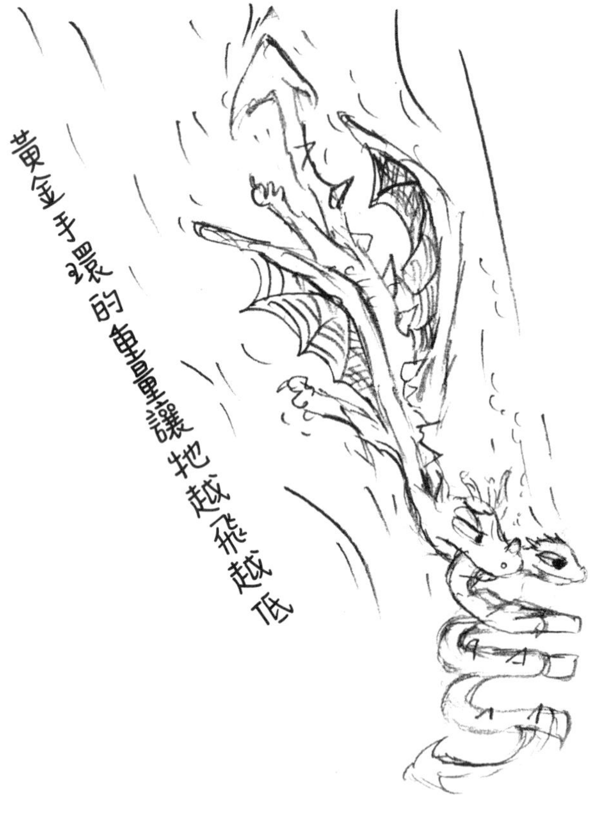

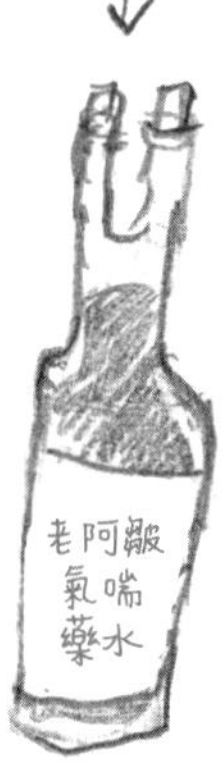
塞進鼻孔裡深呼吸

小嗝嗝把魚腳司的背包當盾牌舉起來，擋下阿爾文一劍又一劍，最後背包終於承受不住雨點般的攻擊，幾乎裂成兩半。小嗝嗝及時打滾閃避。

阿爾文揪住小嗝嗝的背心，小嗝嗝掙脫他的衣服，用一本叫《第一次走訪羅馬》的觀光書敲阿爾文鼻子。

「你怎麼沒從你那個愚蠢的老阿公身上學到教訓？哼，他還以為自己能保管火焰石！現在知道不能干涉命運了吧！」阿爾文咬牙切齒道。

「他一而再、再而三攪局，派人執行那些可笑的任務，結果只有讓自己女兒心碎……我跟她說超自命不凡死了的時候，瓦爾哈拉瑪哭得好慘啊……唉，真是場完美的悲劇。」

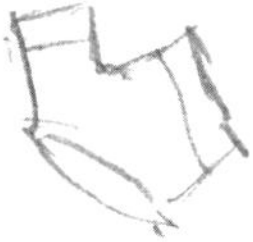

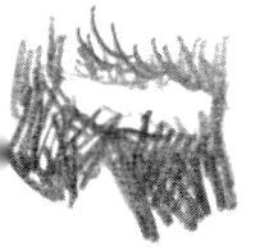

魚腳司的背心卡在
阿爾文的腿上

「騙子！叛徒！壞蛋！」小嗝嗝邊吼邊閃避阿爾文的攻擊，到處找能拿來當武器的東西。

「啊呀，我好——傷心喔，」奸險的阿爾文眼神閃爍地逼近。「你再說我都要**哭哭**了。」

魚腳司的逃難包全散在山坡上，小嗝嗝撿了一件又一件東西丟阿爾文。

魚腳司的皮帶有個沉重的金釦，阿爾文的額頭被砸得很痛。六件乾淨內褲、幾條長褲飛向阿爾文，還有一瓶害小嗝嗝和阿爾文一起打噴嚏的氣喘藥。

魚腳司的枕頭被暴風寶劍割破，鵝絨如雪花落了滿地。

「好痛！好痛！好痛！」阿爾文尖喊。魚腳司的梳子有刺的那一邊敲在他敏感的下巴上，還有一件背心纏在他的鯊龍牙義肢上。

儘管小嗝嗝將失敗延後了關鍵的幾分鐘，用魚腳司的雨傘代替長劍戰鬥，依然無法反敗為勝。

阿爾文今天不打算讓小嗝嗝安然脫身了，他跌跌撞撞、眼睛泛淚、滿嘴鵝羽地走上前，一劍把雨傘砍成兩截，終於壓制住小嗝嗝。小嗝嗝再怎麼掙扎也沒法逃脫。

「說！」阿爾文得意洋洋地將暴風寶劍舉到小嗝嗝面前。「火焰石在哪裡？」

第十五章　與此同時，遊隼號上……

過去半個小時，超自命不凡緊張兮兮地站在遊隼號上。他用手臂擋住陽光，遠遠看著三個小維京人慢慢爬上火山。

他發現，看別人執行任務比自己動手困難很多，他緊張到快吐出來了。

他邊往上看邊喃喃自語，告訴自己這是正確的選擇。

「我沒跟小嗝嗝說好人阿爾也想得到火焰石，這應該是『正確』的選擇吧？還有，我不跟他們登陸，也是情有可原嘛……我在那座島上當了十五年的奴隸……可是沒有其他人要幫他們了……唉，我的雷神索爾啊，」超自命不凡背起弓箭。「我到底『什麼時候』才能退休啊？白龍，**起床**……為什麼我每次都要當救世英雄？」

「這……不是……我……該做……的事。」他抱怨道。本來踩上龍鐙的腳，又收了回來。

他懊惱地晃著拳頭，仰頭對無情的蒼穹呼喊：

「**我該……怎麼做……才好？**」

做為回應，疲憊不堪的小沒牙從藍天降落，把某個黃金物品丟到甲板上。那東西在甲板上轉了一圈又一圈，最後「噹啷」一聲停止轉動。

超自命不凡彎下腰，撿起那樣物品。

那是之前戴在阿爾文手臂上的黃金龍手環，超自命不凡對它再熟悉不過，因為這是他親手做的。很多很多年前，阿爾文同意將半顆心形紅寶石交給瓦爾哈拉瑪之後，本該為熔岩粗人鑄劍的超自命不凡為了答謝他，特地做了這個手環送給他。超自命不凡已經很久沒仔細看這只手環了。

撿起手環的同時，他心想：**真奇怪，龍眼睛裡好像有東西，我做手環的時**

候沒有鑲嵌什麼東西啊……

他把手環舉到眼前，恰好天空落下一道光，光線打在手環上，龍眼睛彷彿對他眨了眨。

它彷彿隱含笑意，紅眼睛狡猾地在陽光下閃爍。

黃金龍的眼睛，就是超自命不凡的紅寶石。

那一瞬間，真相終於大白。

瓦爾哈拉瑪**沒有**背棄他。

她一直沒接獲訊息。

因為好人阿爾沒有傳信給她。

他將紅寶石占為己有……還明目張膽地把寶石鑲在超自命不凡送他的手環上，戴著手環在超自命不凡面前晃來晃去……顯然這傢伙不是超自命不凡想像中的好人。

說不定他真的是小嗝嗝說的奸險之徒……也許把他丟去餵鯊龍是**非常好**的主意，可惜他只斷了一條腿，沒被鯊龍吃得連骨頭都不剩。

十五年前的回憶浮現在超自命不凡腦海中。

好多好多年以前，他心愛的女孩親手將半顆紅寶石放在他手裡。

對他說：

這顆寶石就是我的心，請你珍藏它。如果你被俘虜或陷入危難，就讓你的

狩獵龍叼著寶石來找我，我一定會去救你。

超自命不凡發出介於笑與哭之間的嗚咽，他看著那枚寶石，又低頭看向累癱在甲板上的沒牙。

俗話說造化弄人，果然不假。

既然沒牙把紅寶石送過來，就表示小嗝嗝在火山上遇到危險，小嗝嗝現在亟需寶鑣的救助。

大英雄超自命不凡把手環戴上左手。

他跳上白龍，拔劍大喊：「風行龍，我們走！小嗝嗝需要我們！這就是我們該做的事！**往火山前進！**」

「唉，真、真、真是的。」癱在甲板上的沒牙呻吟道。「怎麼又要上山了？」

小嗝嗝的風行龍用力嚥了口口水，叼起沒牙，跟著超自命不凡與白龍出發前往火山。

第十六章　我不是故意來這裡

「我**終於**逮到你了！」奸險的阿爾文得意地說。他笑著俯視嚇得動彈不得的小嗝嗝。

「你看看你，逞什麼英雄？連胸毛都還沒長出來就要**死**了。快，在你死前告訴我，火焰石在哪裡？」

小嗝嗝直視阿爾文布滿疤痕、凶神惡煞的臉。

既然知道會死，他反而不害怕了，也不想讓阿爾文看見他恐懼的樣子。

小嗝嗝唱起歌來。

不知為何，他最先想到史圖依克最愛唱的荒謬歌曲，也是瓦爾哈拉瑪從前當搖籃曲唱給他聽的歌。也許小嗝嗝想起了自己還是小嬰兒的時候，想起自己窩在母親的胸甲前，聽著歌被母親輕輕搖晃入睡。

據說這是數百年前偉大的毛屁股來到

蠻荒群島時，自己編的曲子。

「我不是故意來這裡……
也不是故意留下來……
但有天海風將我吹呀吹
這純粹是意外……」

奸險的阿爾文大吃一驚，差點鬆開壓制小嗝嗝的手。

他以為小嗝嗝面對死亡，會哭泣、哀求、求饒。

他沒想到這個維京男孩會開始唱歌，彷彿自己性命無憂，彷彿他此時和朋友坐在營火前談笑。

「……我本在前往美洲路上

但卻在北極往左轉
我在陰雨綿綿的沼澤遺失鞋子
我的心也困在這裡，一去不返……」

天上的雷雨雲黑得近似青色，閃電不時劈啪閃過，下方的火山也隆隆回應。小男孩彷彿想用歌聲安撫天上的暴風雨與地下的岩漿。

「你在幹什麼？」阿爾文既驚且怒，不解地嘶聲說，高舉著暴風寶劍的手臂不確定是否該砍落。「你在胡言亂語什麼啊？傻子，你馬上就要**死**了……」

阿爾文身後，被滅絕龍用劍爪困住的神楓和魚腳司也跟著唱歌：

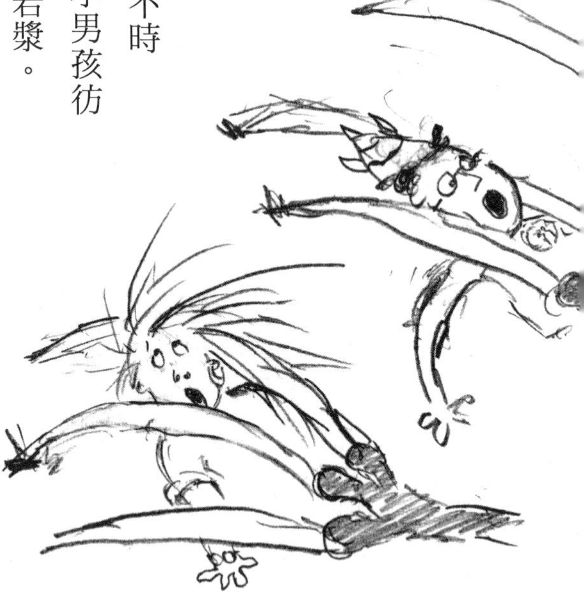

「……我聽說美洲很美
萬里碧空如洗
但我的船在沼澤海岸觸礁
我將永遠留在這裡……」

阿爾文看到小嗝嗝要開開心心地唱歌死去，而不是又怕又孤獨地死亡，心中燃起一股無名火，他揮動手臂，鋒利的暴風寶劍往下砍……

……**鏘**——！

……在芥末黃的火山煙霧中，一支白羽箭從阿爾文肩後筆直射來，尖嘯著深深插入

「我不是故意來這裡……

也不是故意留下來……
但我對這片沼澤
一見傾心
我永——遠不要
離開!!」

他柔軟的二頭肌，他痛呼一聲，鬆開抓住小嗝嗝的手。

三個小維京人清亮的歌聲往天上飄，劈開了雷聲。

又有一個人加入合唱。

歌聲非常低沉、非常**大聲**，還**嚴重**走音，它宛如癲癇發作的大烏鴉，順著音階亂唱亂叫。

天啊，小嗝嗝驚訝地想。**超自命不凡在熔岩粗人的鑄劍監獄裡待了那麼多年，嗓子真的毀了……**

他唱得真難聽！

超自命不凡騎著白龍，穿越火山煙霧騎向他們。

他直挺挺坐在白龍背上，收起弓箭的同時取出雙劍。

左手臂戴著阿爾文閃亮的黃金蛇手環。

「阿爾文你這隻**奸惡的蛇**，快拿起武器和我一戰！」超自命不凡高喊。

阿爾文扭頭看到超自命不凡騎龍飛奔過來，雙手高舉著火閃劍與月割劍。

阿爾文驚恐地跳了一下，大叫：「**滅絕龍！**」

恐怖大龍從神楓與魚腳司身旁收回爪子，奔向牠的主人。

阿爾文低頭咬住手臂上的箭矢，把它用力拔出來。

不幸的是，傷口雖然血流不止，卻沒有很深，並不影響阿爾文跳上滅絕龍背飛上天。

在煙霧繚繞的火山上方，兩名戰士首次正面對峙。阿爾文套上防火衣的頭套，一白一黑兩條龍在充斥硫磺味的煙霧中互相繞行，等待對方露出破綻，等待出擊的良機。

「超自命不凡，別這樣嘛，」阿爾文開始甜言蜜語。「你忘了嗎？我是你的老朋友，是好人阿爾啊。你怎麼可以傷害我這個好朋友呢？」

可是超自命不凡胸中充滿正義的怒火。

「朋友？**哈！**你根本沒幫我把紅寶石送去給我的戀人！你把它私吞了！」

一束陽光從烏雲間的縫隙灑落，打在黃金手環的紅寶石上，彷彿在指控阿爾文。

兩個男人齊聲尖吼，撲向彼此，暴風寶劍與火閃劍相交，發出刺耳的金屬碰撞聲。

與此同時，天上傳出**轟隆**一聲巨響，降下傾盆大雨。

魚腳司和神楓跑到小嗝嗝身邊，三個小維京人縮在一起瞇眼望向天空，想看出煙霧中相鬥的兩個人誰占上風。

風行龍突然冒出來，把沒牙放在小嗝嗝的頭盔上。沒牙倒著注視小嗝嗝的眼睛，牠雖然很累，卻也超級無敵興奮。

「你、你、你看，我把超、超、超自命不凡帶過來了，沒牙拯救世界，沒牙是英雄！沒牙是英雄！」小龍樂不可支地歡呼，還發出驕傲的「喔——喔喔！」雞叫聲。

「**你們！**」超自命不凡大喊。他使出一招扭轉突刺，同時應付滅絕龍的十根劍爪、暴風寶劍，**還有**阿爾文的勾爪。「**別忘了你們的任務！**」

（你可能會覺得這是廢話，但請相信我，在那混亂的時刻，你很容易忘記自己前來火山的最初目的。）

「趁『現在』把火焰石丟進火山口，不然我們都完蛋了！」

「沒牙，你做得很好，可是我們還沒脫離險境。」小嗝嗝顫抖著說。他到處找神楓剛才放在地上的背心，但在大雨中他幾乎什麼都看不到。**「我們還要把火焰石丟進火山……」**

「我好像把它放在那邊……」神楓不是很確定地指向右邊。「……還是在別的地方……我想不起來了……有時候你把東西放在旁

邊，下一秒就……」

「不、不、不妳說得對！」沒牙興奮地放聲尖叫。「沒牙現、現在去拿火焰石……沒牙今天要當英、英、英雄！」

「沒牙，等一下，」小嗝嗝抓住沒牙的一條腿。「我們一起去。別擔心，我們會完成任務的。」

然而沒牙剛才聽超自命不凡說牠是英雄，現在被英雄的光榮沖昏了頭。

「反正小嗝嗝不信、信、信任沒牙就是了嘛！」沒牙氣鼓鼓地尖聲說。「沒牙救、救、救了小嗝嗝的命，小嗝嗝還是想自己當大英雄……哼，沒牙現在也是英雄了……你、你、你給我看著，沒牙可以自！

己！來！」

牠低頭用力咬了一下小嗝嗝的手指，小嗝嗝痛呼一聲放開牠的腿。沒牙展開翅膀在滂沱大雨中飛行，小嗝嗝只能跑在後頭大喊：

「不行！沒牙！等一下！」

可是沒牙沒有在聽，牠正忙著在地上找火焰石。

「就在這附近……這、這、這附近……找到了！」

小龍瞥見不遠處的泥灘裡一件已經溼透的背心，還有背心裡的一抹金色。

牠伸長爪子飛過去。

轟——轟隆隆隆隆——！

雷電劃過漆黑的天空。

有什麼東西發出低沉的隆隆聲，那可能是雷聲，也可能是火山……

「**你們幾個！**」超自命不凡又喊一聲。他騎龍飛向縮成一團的阿爾文，連續使出四招極度困難的劍技——陰森彆扭打技、刺尖、半轉半捅與致命雙簧。

「你們到底在做什麼？還不快去！」

沒牙取出裹在背心裡的火焰石，抱住它。

牠回頭看一眼。

小嗝嗝、魚腳司和神楓在大雨中沿著山坡跑來，小嗝嗝一直叫個不停：「沒呀！不可以！讓我來！它現在——」

沒牙傲氣地嗤一口氣，甩了甩頭。

「沒牙自、自、自己來。」說完，牠就用小爪子抱起火焰石。可是火焰石表面很光滑，再加上雨水與泥濘，變得很難抓握，沒牙尖銳的小爪子沒辦法抓穩。

「——很滑。」小嗝嗝呻吟著說。

小嗝嗝、神楓和魚腳司跑過去，剛好看到火焰石滑脫沒牙的懷抱，他們剛才痛苦、緩慢又勇敢地帶著火焰石爬上山坡，現在石頭又沿著山坡滾下去。

「糟糕！」沒牙愧疚地尖叫。「對、對、對不起……我手殘……別擔心……別緊張……我、我、我去拿回來……」

牠撲向火焰石，這時神楓正巧從另外一個方向飛撲過來。

「成功！」神楓的歡呼聲只持續不到一秒，沒牙就撲到她的臉上，沾滿泥巴的金色石頭又被撞飛。

「沒牙，你到底是幫我們還是幫

阿爾文！」小嗝嗝無奈地大吼。他快步經過癱倒在泥地裡的神楓與沒牙，衝向越滾越快、愉悅地蹦蹦跳跳滾下山的火焰石。大雨似乎要淹沒小島，雷電的轟隆轟隆聲此起彼落。

火焰石滾得越遠，小嗝嗝就離任務成功越遙遠。

此時在空中，奸險的阿爾文雖然騎著戰力超群的滅絕龍，劍術卻不敵大英雄超自命不凡。

超自命不凡已經用長矛刺穿滅絕龍的其中一顆心臟，牠還有第二顆心臟，還可以飛行，卻已經萌生退卻的念頭。換作是你我，應該也不會戀棧吧。

阿爾文準備逃命，這世上最懂得在情勢不利時逃之夭夭的人，非奸險的阿爾文莫屬。

然而就在此時，阿爾文往下一望，看到金色的火焰石滾下山坡，三個小孩和一隻龍連滾帶爬地追著它跑。

阿爾文看到反敗為勝、化險為夷的絕佳機會。

糟、糟、糟糕！

超自命不凡訝異地看著阿爾文拉住撲擊到一半的滅絕龍（在野蠻人看來，戰鬥中逃跑絕對**不**值得誇耀），掉轉龍頭飛向又滾又跑又滑的維京小孩與火焰石。

地勢漸趨平緩，火焰石滾動的速度稍微減緩，最後它撞上一顆大石頭，猛然停止滾動。

風行龍先跑過去，牠緊張地抬頭望向小嗝嗝，等主人給牠下一步指示。

「它停了！」神楓對小嗝嗝和魚腳司說。她微微鬆一口氣，繼續努力在溼滑的地上奔跑。**撿到它就好了……**神楓心想。

撿到它就好了……

撿到它就好了……

三隻手同時伸向火焰石，然後……

「**太遲了！**」阿爾文歡呼。他騎著滅絕龍俯衝，用戴著防火手套的手撿起火焰石，帶著它得意洋洋地全速往上飛。

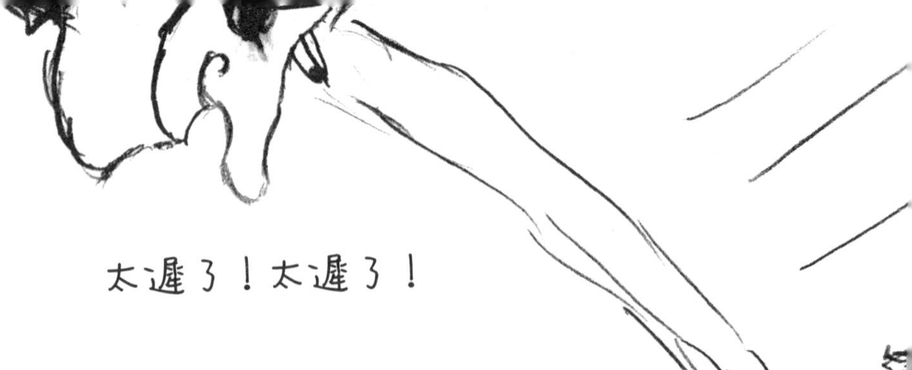

「你們**太遲了**。現在，別想阻止火山爆發了。」

他說得沒錯，他們的確太遲了。

滅絕龍飛行速度極快，即使一顆心臟插著長矛，牠也能以白龍跟不上的速度飛衝上天。

火山發出憤怒的嘶吼，接著是警告性的打嗝——小嗝嗝腳下

的地面一陣陣波動。

神楓大喊：「**火山要爆發了！我們快逃！**」

但真正令小嗝嗝膽寒的，並不是火山與大地的隆隆聲。

只見風行龍首次開口，用又輕又細的聲音在小嗝嗝耳邊說一句話。

「快逃。」風行龍悄聲說。「快逃。」

第十七章　怎麼樣算太遲？

小嗝嗝以前遇過不少危機。

但目前為止，「火山爆發時站在火山上」絕對是最危險的一次。

「神楓！魚腳司！快爬上白龍的背！」超自命不凡呼喝著騎著白龍飛到兩個孩子身邊。他知道白龍現在受傷了，無法載更多人飛行。

「小嗝嗝，你騎風行龍，沒問題吧？」超自命不凡焦慮地問。

「沒問題。」小嗝嗝勉強胸有成竹地回答。「我之前騎風行龍也沒事，不是嗎？」

這時，他想起熔岩粗人島之謎，以及老阿皺在井底交給他的那張紙——現

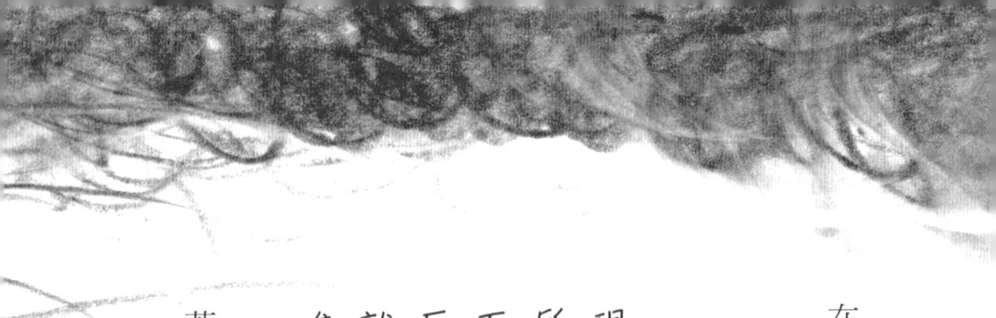

在躺在他口袋裡的那張紙。

他喃喃告訴自己：

「從來不會真的太遲。」

小嗝嗝轉向沒牙。「沒牙，現在還不算太遲。我信任你，所以我現在要給你一個任務：你把火焰石從阿爾文手裡搶回來，怎麼搶不重要，反正搶到手之後丟進火山就對了。沒牙，就算火山已經爆發了，你還是要把石頭丟進去，知道嗎？這非常非常重要。」

說完，小嗝嗝爬上風行龍的背，風行龍馱著他跑下山。

受傷的白龍無法載著一大兩小維京人飛上

天，牠試了第三次才搖搖晃晃地升空。

魚腳司緊緊閉著眼睛，這是他第一次飛行，而且我不得不說，那次飛行體驗應該很糟糕，十分動盪混亂。白龍拍翅膀往前飛一小段，猛然直直下墜二十公尺，魚腳司覺得自己的胃遺落在高空了。

「我們要死了……」一龍三人墜向海灣與遊隼號小小的船帆時，魚腳司哀聲說。現在海灣除了遊隼號，還多了史圖依克和大胸柏莎的船。

「啊呀，不要再吵了啦。」神楓罵道。「我比較擔心小嗝嗝的狀況。」白龍飛得不穩，但至少牠在「飛」，風行龍的翅膀沒那麼強壯，載不了小嗝嗝起飛。神楓低頭望向匆忙跑下山坡的風行龍。

小嗝嗝緊緊抱著風行龍瘦巴巴的脖子。

「跑啊。」他小聲說。「拜託快跑，快跑，快跑！」

「跑、跑、跑、跑、跑啊！」沒牙尖喊著拍翅膀追阿爾文。「跑，跑，跑、跑、跑啊！」

砰隆隆隆——！

火山爆發了。

第十八章　你能逃離正在爆發的火山嗎？

我問個值得琢磨的問題。

你能逃離正在爆發的火山嗎？

答案是，如果火山噴出特定種類的岩漿，那要是在最開始噴發時沒被炸死，你就還有機會逃出生天。

有的岩漿流得非常慢，有的岩漿流得超級快。

換句話說，你能不能活著逃走，和火山的種類有關。

問題是，在火山爆發前，你不太能看出它是**哪一種**火山。

熔岩粗人島的火山爆發時，火山的上半部分整個被炸飛，一大朵蘑菇雲捲上天，滾過蔚藍天空。整座小島劇烈震動，周遭海水跟著擾動，遊隼號、藍鯨號與老媽號隨著巨浪上下起伏，船上兩位家長的心也跟著浮浮沉沉。

山上大塊大塊的岩石燃燒著炸飛，又落回地上與海裡。一塊燃著火焰的巨岩從天而降，擦過風行龍的鼻頭，若不是風行龍緊急煞車，牠和小嗝嗝應該會被壓成兩張薄薄的紙片。

風行龍閃過一顆又一顆正在燃燒的岩石繼續往前跳，從山腰一路延伸至海灘的無數顆滅絕龍蛋上跑過去。

小嗝嗝回眸一看。

熾熱岩漿從火山口噴出來，順著山坡迅速流下。

小嗝嗝今天運氣真差。當然，你可以用「杯子半滿」或「杯子半空」的態度看事情，其實小嗝嗝能活到現在已經很好運了。

看來命運執意作弄小嗝嗝，熔岩粗人島的岩漿是流速很快那種，能以時速超過七十英里的高速形成致命的火紅河流，比人類奔跑的速度快多了——關鍵的問題是，岩漿流速有比風行龍還快嗎？岩漿似乎已經追過來了。

「**快、快、快、快、快、快、快跑啊啊啊啊啊啊啊啊——！**」小嗝嗝又一次放聲尖叫。不用他催促，風行龍已經全速奔跑了，牠耳朵緊貼著頭，鼻孔噴出蒸氣，一瘸一瘸地快步奔逃，一邊大口喘氣。

不斷冒煙的鮮紅色岩

漿河流下山坡。

而且緊追在後的不只有岩漿。

你以為情況已經糟到極限了嗎？你錯了，事情沒有最糟，只有更糟。

碰到岩漿的瞬間，滅絕龍蛋都開始「孵化」了。

數以千計、數以萬計的小滅絕龍從熾熱岩漿裡飛出來。

你可能會覺得，這些新生滅絕龍在蛋裡待了將近兩百年，現在應該還睡眼惺忪、沒有搞清楚狀況，但如果你這麼想，你又錯了。牠們在蛋裡待了很久很久，似乎悶得**發瘋**，雖然才剛出生沒幾秒，每一隻都急著飛去殺人放火。

牠們蜷曲著身軀從岩漿中飛射而出，在半空中舒展身體，釋放點點火星，甩掉翅膀上的岩漿。

這些掠食者一睜開眼睛，就看到**阿爾文**高舉著金紅色火焰石，飛在正在噴發的火山上方。

過去三個月，困在蛋裡的小滅絕龍一直看著島嶼各處的大雕像，看著阿爾文的臉。

現在，這張熟悉的臉又出現了。阿爾文騎著牠們的同類，用可怕的紅銅色長劍指向驚恐的小嗝嗝與風行龍，大聲尖叫：「**去追他們——！**」風行龍馱著小嗝嗝，像逃離狩獵隊的狐狸般努力逃離岩漿。

不用阿爾文多說，滅絕龍就追上去了。牠們小小的腦袋裡浮現古遠的記憶，牠們知道**那個**是什麼。

那個是**獵物**。

劍爪如彈簧刀從指尖探出，滅絕龍群疾速追上正在逃命的小嗝嗝和風行龍，發出刺耳的尖叫聲，宛若羅馬的復仇女神三姊妹頭髮被拉扯時的叫聲。

岩漿越流越近，越流越近，就快追上小嗝嗝了。

阿爾文和幾十萬隻滅絕龍也俯衝下來，簡直像嗜殺成性的蝙蝠群形成的黑雲。

小嗝嗝想起超自命不凡說過的話：滅絕龍會攻擊所有會動的東西，燒毀每一株雜草、樹叢與樹木，到時方圓數百哩內一點活物都不會剩。

就算**他們**活下來（就此時的情勢來看，這不太可能），任務還是失敗了。

他們沒能拯救蠻荒群島。

火山爆發了，現在誰也無法將孵化的滅絕龍塞回蛋裡，神燈精靈脫離了束縛，瘟疫開始擴散，再過幾週蠻荒群島將化為焦土。

大雨淋在岩漿河上，形成大朵大朵的蒸氣雲，嘶嘶作響。

「不要跌倒……不要跌倒。」全身溼透的小嗝嗝騎著風行龍狂奔下火山，嘴裡喃喃祈禱。

「不、不、不要緊張！不、不、不要緊張！」沒牙緊張兮兮地自言自語。牠從上方接近阿爾文與他的滅絕龍，看到阿爾文高高舉著火焰石，讓所有小滅絕龍看個清楚。

「小、小、小嗝嗝信、信、信任沒牙，所以給沒牙一份任務……沒牙『不會』再犯錯了。」沒牙鼓勵自己。牠祈禱滅絕龍的嗅覺受大雨影響，聞不到牠的氣味。「沒牙這次要抓、抓、抓緊……抓緊……」牠練習用小爪子抓緊東西，慢慢往下接近那顆誘人的黃色球球。

沒牙用抓兔子的動作飛撲上去。

小爪子抓到石頭，用力抓緊……抓緊了。

阿爾文的手一空，他驚叫一聲。

他猛然轉身，但在大雨、濃煙與陣陣閃電中，他看不到剛才攻擊他的東西。

他的寶貝不見了。

阿爾文不知道火焰石此刻被沒牙緊緊抱著，小龍勇敢地飛到正在噴岩漿的火山口……鬆開雙手。

美麗的石頭宛若金色淚珠，直直落入滾燙的熔岩。

沒牙怕被滅絕龍看到，牠雖然往上飛離火山口，仍盡量躲在煙霧中。

遙遠的下方，許多雙眼睛不可置信地看著這災難般的畫面。熔岩粗人島彷彿成為史詩及戲劇的場景，空中是劈啪作響的烏雲，黑雨嘩啦嘩啦落下，閃電一下一下劈在不停噴岩漿的火山上。

魚腳司、神楓與超自命不凡坐在白龍背上，飛在海灣上。

史圖依克站在藍鯨號甲板上，在暴雨中有點太遲地前來救人。他現在離熔岩粗人島不遠，隱約看到一個黑色小人影騎著跛腳奔跑、怎麼看怎麼眼熟的一隻龍，正拚命逃離岩漿河……

「那該不會是……小嗝嗝……吧？」他瞇眼望向火山，不確定地問。「拜託跟我說那**不是**小嗝嗝……」

「好像真的是他。」溼淋淋的鼻涕粗站在一旁說。偷偷咧嘴微笑。

幾百個毛流氓站在他們的船上看小嗝嗝奔逃，搭老媽號來找女兒的大胸柏莎也率領幾百個沼澤盜賊前來。

「他們要被岩漿追上了。」魚腳司哀號。

這畫面真的很嚇人，人人都覺得自己在看眾神狩獵，小嗝嗝和風行龍是被追殺的小狐狸，岩漿河與狂吼亂叫的阿爾文則像某種黑暗魔神，不停尖叫的滅絕龍群也越飛越近。

第一股迅速流動的岩漿河終於追上風行龍了。

龍皮能防火，所以風行龍沒有受傷。

但一滴滾燙、火紅的岩漿碰到小嗝嗝腳踝，他痛得放聲尖叫，使風行龍陡然暴衝，速度快得好像心臟隨時會爆炸。

可是他們和山腳之間還有好一段距離。

「我不敢再看了。」魚腳司閉起眼睛。

「**風行龍，我要站在你背上喔。**」小嗝嗝小聲說。

他不穩地站起來，直立在風行龍背上。

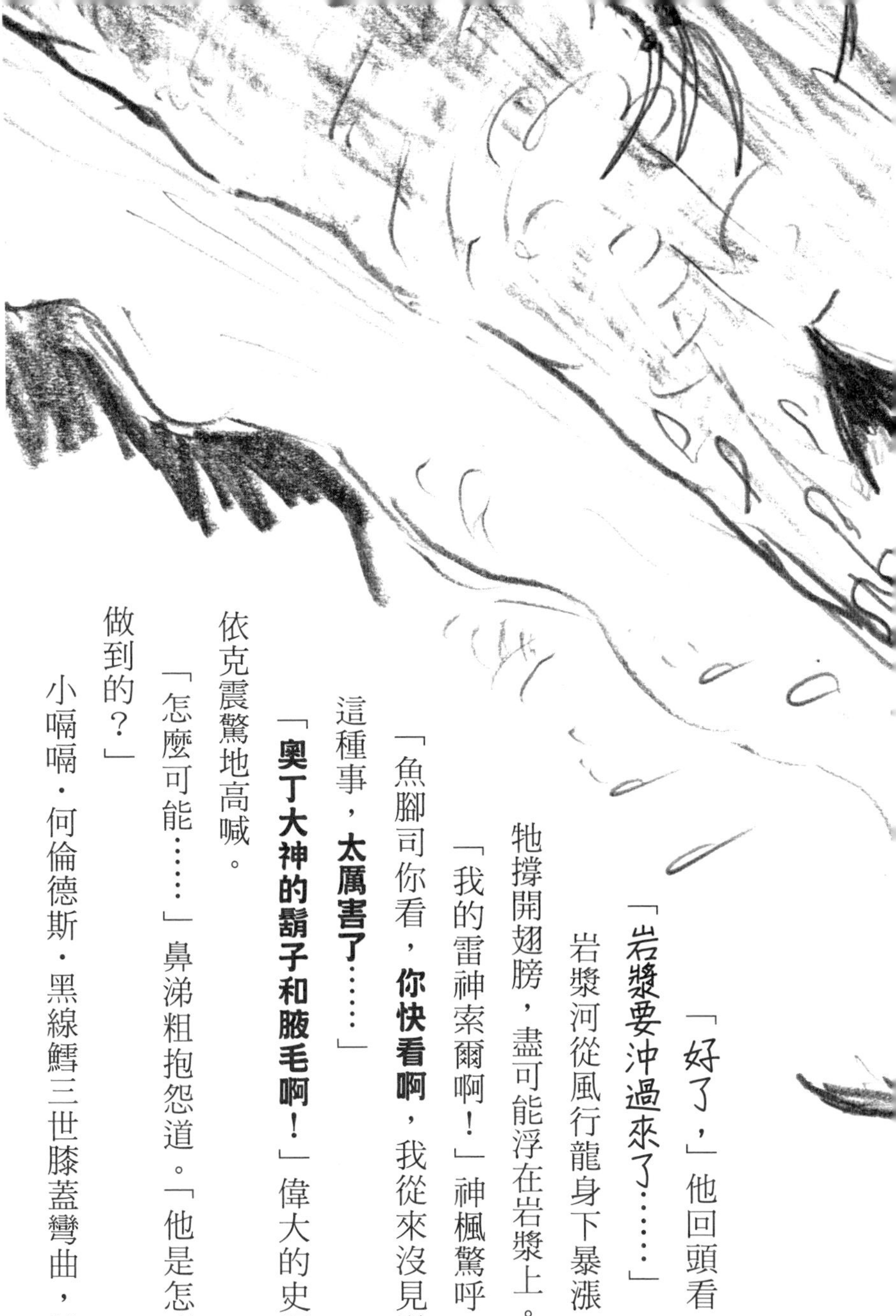

「好了，」他回頭看。

「岩漿要沖過來了……」

岩漿河從風行龍身下暴漲，牠撐開翅膀，盡可能浮在岩漿上。

「我的雷神索爾啊！」神楓驚呼。

「魚腳司你看，**你快看啊**，我從來沒見過這種事，**太厲害了……**」

「**奧丁大神的鬍子和腋毛啊！**」偉大的史圖依克震驚地高喊。

「怎麼可能……」鼻涕粗抱怨道。「他是怎麼做到的？」

小嗝嗝．何倫德斯．黑線鱈三世膝蓋彎曲，雙臂平展，正在岩漿河上「衝浪」。

他把風行龍當沖浪板，隨著熱燙岩漿往下衝，這有點像他小時候用漂浮木在長灘衝浪的動作（不過他現在的動作比較漂亮——當你下方的「海水」是攝氏七百五十度的岩漿，你就會非常專心保持平衡）。

山腰到山腳只剩最後三百公尺，小嗝嗝和風行龍乘著不可思議的岩漿流沖下來了。

就在他們被沖到海崖邊緣時，風行龍用後腿猛力**跳躍**，免得隨岩漿一起墜下海崖。

小嗝嗝這輩子跳過好幾次，他曾為信念、為希望躍向未知，每次都相信運氣不會辜負他。套句史圖依克的話，小嗝嗝相信宇宙終究是「好蛋」，而不是「壞蛋」，命運一定會拯救他的。

但這次，他們絕望地跳下懸崖。

風行龍從海崖邊緣往外跳，勉強脫離可能被岩漿瀑布波及的範圍——接著開始直直下墜。風行龍撐開翅膀，試著減緩下墜的速度，然而牠的翅膀不夠強壯，沒過幾秒就被風吹得像外翻的雨傘了。

風行龍和小嗝嗝如石沉大海，落入冰冷海水。

小嗝嗝全身浸入冷冰冰的海裡，不得不承認，宇宙可能——**可能**——不是好蛋。他們下墜的衝勢太猛烈，以致衝撞水面的感覺像一頭撞上冰牆。**這也許就是現實**，小嗝嗝沉到水下時，默默地想。**也許現實就是這麼無情、這麼嚴酷、這麼冰冷**。

他又嗆又咳地浮出水面，大口喘氣，冷冰冰的現實就盤踞在他們上空——滅絕龍形成黑雲，遮擋了天空的藍，這朵雲看見兩顆小小的頭浮出水面，發出興奮的邪惡叫聲。

「**他在那裡！**」阿爾文眼裡亮起暴虐的精光，他掉轉滅絕龍頭，準備展開最後一波攻擊。「**殺了他啊啊啊啊！**」

岩漿河從懸崖滴落，伴隨著嘶嘶聲響落入海中，黑雨持續降下。滅絕龍群

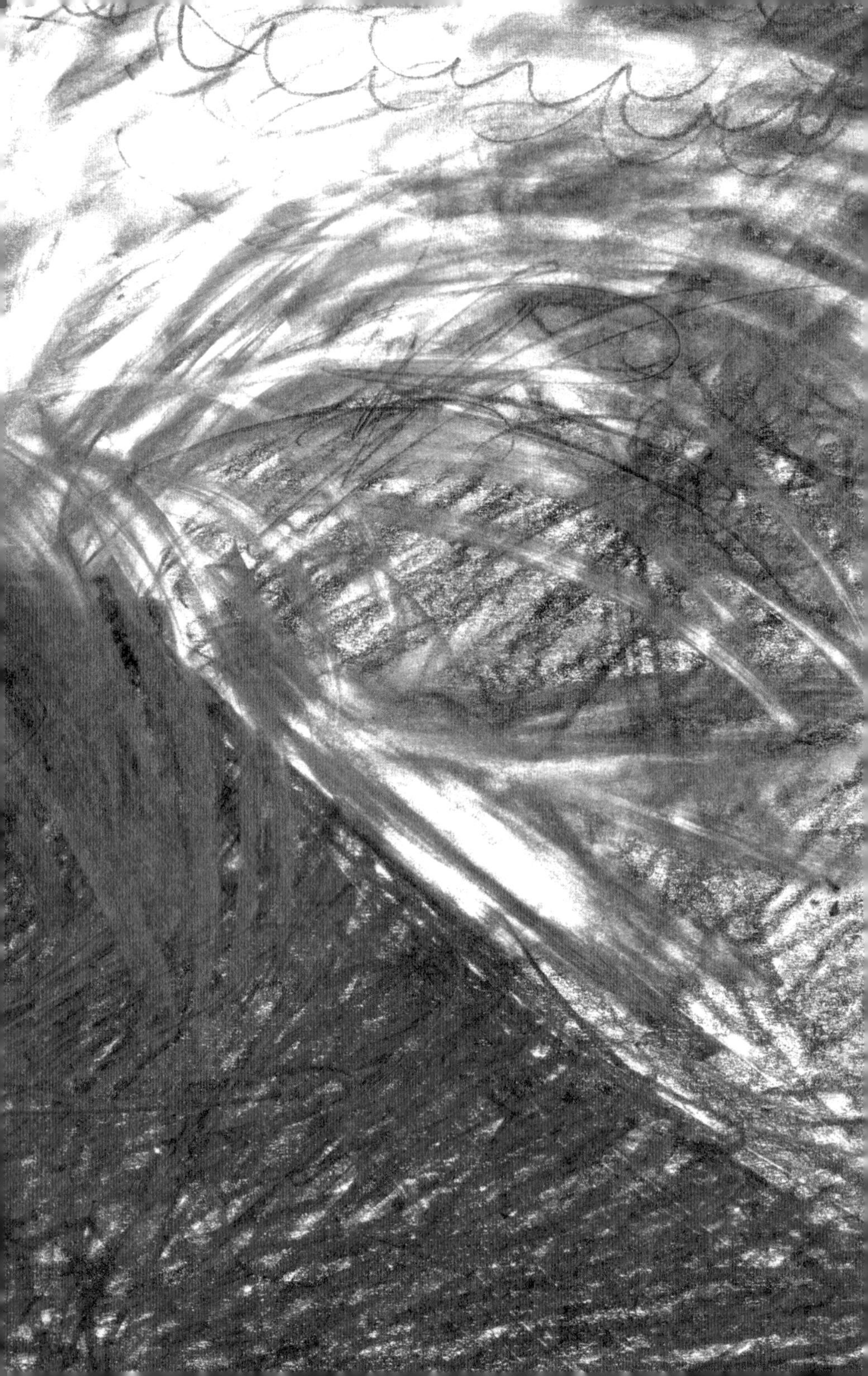

鳥喙般的頭紛紛轉向小嗝嗝，以狂風暴雨之勢俯衝向海面，劍爪向前伸展，準備將小嗝嗝撕成碎片。

原來這就是故事的結局。小嗝嗝心想。他看著黑雲衝下來，泡在冰海裡的身體逐漸麻木。**現在誰都救不了我們了**。

砰隆隆隆隆隆！

火山再次爆發了。

第十九章　宇宙是好蛋還是壞蛋呢？

滅絕龍群俯衝到一半突然停下動作，周遭的海水、天空與島嶼都劇烈震動了起來。

火山第二次爆發，和第一次不太一樣。

這回，火焰石在火山的高溫中**孵化**了。

沒錯，小嗝嗝解開了火焰石的諸多謎團之一（相信各位聰明的讀者看了老阿皺的謎題後，應該也猜到真相了），其實火焰石根本不是石頭。

它是一顆蛋。

蛋裡是一隻極為罕見的火焰龍，火焰龍之所以稀有，是因為龍蛋孵化的條件太難滿足、幾乎不可能孵化。

火焰龍蛋只有在火山爆發時的高溫與亂流中才能孵化，但龍蛋平時會釋放一些**防止**火山爆發的化學物質，那它哪有機會孵化？

首先，請想像一隻大得不可思議的火焰龍。

然後，把這隻巨大的龍用力捲起來，塞進一顆和人類頭顱差不多大的龍蛋。

這就是火焰龍蛋。

火焰龍蛋的蛋殼超級無敵堅固，只有攝氏七百五十度高溫能讓它融化或裂開，通常母龍會把蛋產在火山口較高層的岩縫，那裡溫度比較低，蛋沒有機會孵化。

假如火焰龍蛋往下落（或者被丟下去），落到火山的中心，深深陷入下層的熔岩，它堅固的蛋殼就有機會在高溫作用下裂開。

你如果要水煮雞蛋，可能要花六、七分鐘，火焰龍也差不多要花六、七分鐘孵化。

蛋殼裂開後，所有壓縮成一球的能量與體積會在瞬間釋放，火焰龍隨著無法以言語形容的力量**炸**出來，有點像小型宇宙大爆炸。

所以滅絕龍群、維京人群、小嗝嗝與沒牙看到了什麼從火山口爆發出來，「那個東西」飛得很高很高，彷彿即將觸碰到天上的星星。

史圖依克站在藍鯨號甲板上，用手臂遮擋刺目亮光，因為火山第二次爆發的光芒和太陽一樣耀眼，令人眼睛刺痛。

「那是**什麼**啊？」史圖依克驚嘆。

超自命不凡、神楓和魚腳司才剛安全降落在遊隼號甲板上，他們驚奇地仰望這壯麗、恐怖的畫面，都忘了要感到害怕。

從火山噴發出來的「那個東西」，是一頭看似由火焰組成的「龍」。

龍當然不可能是火焰做的，不過對在場眾人而言，牠看上去就是頭火龍。

閃亮的火焰肌肉與鱗片，以及猛烈燃燒的爪牙。

牠揚起浴火的巨大頭顱，發出一聲在群島間迴盪不止的「大吼」，就連南方好幾英里那些正在逃亡的維京部族都聽到了。他們站在上下浮動的甲板上，承受狂風暴雨的打擊，遙望遠方發生的一切。

火焰龍閃著火花的金紅色大眼睛往下看，聚焦在不停顫抖的黑雲，與每一隻滅絕龍身上。

在火焰龍眼裡，滅絕龍是「獵物」。

滅絕龍群也深知這點。

牠們上一秒還是伸長爪子、貪婪地撲向小嗝嗝的掠食者，下一秒只見天搖地動，諸神彷彿重新擲出骰子，世界停止晃動時，牠們反倒成了獵物。

在場的維京人運氣都不錯，他們有幸目睹數百年來沒在藍天上演的一幕，親眼見識到小嗝嗝深信不疑的自然平衡。

戰鬥的背景是正值雨勢顛峰的暴風雨，索爾之雷自藍黑色雷雨雲轟隆隆撼動大地，白色片狀閃電不時照亮激烈的戰況，亮光消失後現場又恢復黑暗。

小嗝嗝仰躺著漂在冰寒海面，看著天上的戰鬥，不由得聯想到一群困在海灣被大鯊魚一隻隻吃掉的小魚。

滅絕龍群驚惶地尖叫著飛過烏雲密布的天空。

牠們四散亂飛，分成較小的群體在空中逃竄，遇到落雷就分散又重組成一群，飛快逃到遙遠的天邊。

然而滅絕龍群無論飛得多快、飛得多遠，都逃不過火焰龍與被吞食的命運。

火焰龍一直飛在火山上方，沒有離開。

牠伸長巨大的手臂——臂膀上的火焰使它們像高大的火之樹木——抓住大把大把的滅絕龍，伴隨很吵的咀嚼與吞嚥聲，將牠們全塞進自己閃著火光的食道。

牠像隻玩弄老鼠的貓，先是讓滅絕龍以為牠們有機會逃脫，再用焚燒著的舌頭把牠們捲回來。

火焰龍一口氣把數以千計的滅絕龍塞進嘴巴，全部吞下肚，藏身在煙霧中的滅絕龍也沒能倖免於難。牠心滿意足地把滅絕龍吸到嘴裡，火焰的劈啪聲不絕於耳……

……只剩最後一隻滅絕龍了，牠像發了瘋的蒼蠅，在空中蛇行飛翔。

那是馱著阿爾文的滅絕龍。

「小嗝嗝・何倫德斯・黑線鱈三——世，你別以為能輕鬆把我解決掉——！」奸險的阿爾文大叫（他距離小嗝嗝太遠，小嗝嗝有點聽不清楚）。

火焰龍用兩根燃著熊熊大火的爪子捏著那頭滅絕龍胸口的長矛，把整隻滅絕龍連著阿爾文拎起來，彷彿用牙籤叉起一條不住扭動的蚯蚓……然後，滅絕龍和阿爾

文也被吞下肚了。

維京人們屏住一口氣。

接下來是不是輪到他們了？

錯，火焰龍在長久演化的過程中，變得只吃滅絕龍。

牠得意地發出最後一聲「吼叫」，那是準備消化大餐的飽足之歌。

接著牠飛躍上天，俯衝進火山口，巨大的尾巴激起更多岩漿，岩漿沿著山坡又流下來。

牠往火山深處一直游一直游，不知道最終會游到何處？

會不會游到地核呢？

我能想像牠像海中的海豚，自由自在地在地底熔岩中優游。

最後兩聲雷鳴異常響亮，隆隆聲響戲劇性迴響一段時間，緩緩、緩緩地淡去……

萬籟俱寂。

危機解除了。

火山繼續噴出岩漿，不過岩漿現在流得比較慢了。

暴風雨化為普通的大雨，再化為毛毛雨，最後完全消失，只剩風中的點點溼潤。

就連難纏的**阿爾文**，應該也無法安然穿過熾熱熔岩，從地核游回地表吧？

雷雨雲飄往大陸，陽光從雲間縫隙灑落，詭異的熱浪終於散去，太陽不再是過去三個月無情炙烤蠻荒群島的那個太陽，而是和煦、溫和的太陽，海上甚至吹起一股涼風。

遙遠的南方，一排排維京人站在船上，放心地長舒一口氣。一個人拍起手，不久後所有人都欣然鼓掌，彷彿剛才看了一齣規模宏大的戲劇。

「好啊！」殘酷傻瓜族族長牟加頓喊著，邊在甲板上大力跺腳。「**太好啦！**」其他維京人也跟著鼓掌歡呼，準備啟航回到自己在沼澤裡安全的家——因一場奇蹟而得救的家園。

「他還**活著！**」偉大的史圖依克高喊。他轉身抱住離他最近的東西，而離他最近的東西剛好是他那個惹人厭的姪子，鼻涕粗。

「他還**活著！**」

「**是啊**，我也覺得他還活著。」鼻涕臉鼻涕粗咬牙切齒。「太棒了。」

第二十章　落幕後

神楓、超自命不凡與魚腳司乘著遊隼號到海灣另一邊，把小嗝嗝救上船，這時，史圖依克的藍鯨號與大胸柏莎的老媽號也來了。風行龍飛過去幫史圖依克和大胸柏莎帶路，由於海水被火山的爆炸與震動攪得波浪滔滔，他們無法在大浪中找到小嗝嗝與他歪斜的頭盔。

大家都非常擔心小嗝嗝，因為博克島附近的海域都很冷，在冰冷海水裡泡太久，很有可能凍死。

事實上，小嗝嗝並沒有凍死的危險。自懸崖灑下的滾燙岩漿加溫了海灣裡的淺水，現在的水溫非常適合游泳。

他平靜地躺在水面等人來救他，在溫暖的海水支撐下上下浮動，仰望明亮藍天，享受活著的喜悅。

沒牙剛才躲在火山噴出的芥末色煙雲中，不時驚恐地探頭出來觀望外面的情勢。

牠看到滅絕龍全都被滅絕了，火焰龍不打算傷害牠而且還消失了，就像綠色蝴蝶般飛下來。牠率先在海灣裡找到小嗝嗝，看到小嗝嗝平靜地漂在水面，靜靜轉圈。

「沒牙把、把、把石頭丟進火山了！」沒牙結結巴巴地說。牠降落在小嗝嗝下巴上，讓小嗝嗝又驚又喜。「沒牙是自、己、做、到、的。」

小嗝嗝被突然冒出來的沒牙嚇了一跳，

不小心喝了一些海水，他恢復鎮定、把海水吐出來後摸了摸小龍的背，沒牙則用分岔的小舌頭舔舔他的臉。

「沒牙，」小嗝嗝說。一人一龍仰望青天，在海面慢慢轉圈。「**你是很偉大的英雄。**」

沒牙揚起頭，發出勝利的雞鳴。

其他人終於乘船過來，把小嗝嗝拉上船時，小嗝嗝十分放鬆、十分平靜。

「你有沒有受傷？」史圖依克焦急地問。

「沒有，」小嗝嗝笑著說。「只有腳踝燙到而已。」

「**感謝索爾！**」史圖依克高呼。他驕傲地大吼一聲，用毛茸茸的雙手與身體緊緊抱住小嗝嗝。「**兒子啊！**我不該懷疑你的！我們沒有被那些滅絕東東打敗！**沒錯**，偉大的奧丁大神和弗蕾亞女神的腋窩啊，我們痛揍了那些滅絕什麼東東的屁股，牠們被打得落花流水！這就是何倫德斯・黑線鱈家的精神，我們**永不投降**！索爾的大腿啊，我們果真沒有投降，我已經等不及把這件事告訴瓦爾哈拉瑪了……超自命不凡，我必須說，我欠你一份天大的人情。」

他只有那麼**一點點**不情願地對完美到令人厭煩的大英雄微笑。此時超自命不凡身上沾了斑斑血跡，安然坐在甲板上。「請你當小嗝嗝的寶鑣，果然是很棒的決定！」

超自命不凡似乎卸下了重擔，小嗝嗝從未看過他這麼開心的模樣。他捲起防火衣的頭套，撥了撥那頭微禿但依舊帥氣的金髮。

「我都忘了冒險有多好玩了，我玩得很開心。」大英雄超自命不凡輕描淡寫地說著，綻放大大的笑容。「我十五年沒執行英雄任務了，不過今天的表現還不錯，手腳是有那麼一點生疏了，但整體來說還可以……」

「你**超棒的！**」小嗝嗝激動地說。「**超級酷！超厲害！**」

偉大的史圖依克的笑容似乎凍結在大鬍子上，卻不得不承認，那傢伙確實救了小嗝嗝一命，無論史圖依克有什麼私心，他還是得承認超自命不凡的功勞。這是他身為族長的職責。「超自命不凡，你這個寶鑣很稱職，你要什麼獎賞我都可以給你，只要是我的東西——**任何東西**——我都能給你……」

「不敢當，不敢當，你太大方了。」超自命不凡說。「如果**非要**給我獎賞不可，那，史圖依克，我想請你賞我一樣東西……」

「是什麼？」史圖依克問。

「你的遊隼號。」超自命不凡回答。「我想獨自展開新生活，所以需要一艘快船，這樣才能盡快離開這裡。」

「你確定嗎？」史圖依克問。他內心很糾結，一方面來說，他很高興這個厲害到令人不爽的超自命不凡即將離去，另一方面，遊隼號是他最喜歡的船，他不想送人。

「我非常確定。」超自命不凡肯定地說。「既然要開始新生活，不如**現在**就開始。」

超自命不凡對小嗝嗝笑了笑，拍拍他肩膀。

「小嗝嗝，謝謝你幫我找回我的寶石。」超自命不凡說。「它過去對我意義深重，但現在我要看向未來，不能再受困於過去了。我想把這個給你。」

他彎腰取下手臂上的金蛇手環，連著半顆紅寶石一起交給小嗝嗝。

「我要回去當英雄了！」超自命不凡開心地揮劍，把劍和戰斧拋到空中又接住，還把劍平衡在指尖，最後才收回劍鞘。「我都忘了當英雄是多棒的一件事！」

他深深吸了口帶有海洋鹹味的空氣。

「我必須說，」超自命不凡說。「今天非常適合當新生活的第一天。」

他搭乘遊隼號漸行漸遠，小嗝嗝站在藍鯨號甲板上，幾乎聽不見他的話聲。

「小嗝嗝，幫我跟你母親打聲招呼！」

小嗝嗝高喊著答應他。

「也謝謝你幫我找回我的天賦！」

「什麼天賦？」小嗝嗝大聲問。

「歌唱的天賦！」超自命不凡喊道。「好久沒唱歌了，感覺真好！」

超自命不凡再次引吭高歌。

他唱的不是小嗝嗝的母親從前唱的搖籃曲。

而是一首嶄新的歌。

超自命不凡挺起胸膛，用丹田高聲唱出荒腔走板的歌曲，聽起來像兩隻打在一起的疣豬。

「英雄不畏冬季暴風
它能帶他飛速航行
即使失去一切，即使精疲力竭
英雄還是會 永遠 戰鬥下去！」

小嗝嗝、沒牙、神楓、魚腳司與風行龍都聽過超自命不凡新奇的歌聲，因此在他唱歌前就用手指或翅膀塞進耳朵了。

但偉大的史圖依克還是第一次聽到這種魔音。

他站在甲板上，呆若木雞，嘴巴怎麼也閉不起來。

然後，他臉上浮現一抹大大的笑容。

真是個大驚喜！

看來超自命不凡也不是**什麼**都擅長嘛。

「**嗯，**」史圖依克滿意地搓著手說。「各位，我們可以唱得比他好，對不對？」

「**當然可以！**」戈伯大吼。啤酒肚大屁股和沒腦袋阿笨也跟著呼喊：「**廢話！**」「**就是嘛！**」

「**大家一起來！**」史圖依克大喊。

整個毛流氓部族都把手放在胸膛，認認真真地唱出一首歌，歌聲在平靜的午後融合、交織，美妙的和聲不絕於耳：

「拿起你的劍，劈砍狂風，
在巨浪中航行，大海就是你的家。

寒冬雖冷，但我們的心不會放棄，
……毛流氓……的心……永不放棄！」

藍鯨號載著史圖依克、魚腳司、小嗝嗝、沒牙、風行龍與毛流氓戰士們，掉頭朝東行。

在燦爛的陽光下，他們航向小小的博克島。他們的家鄉是一座布滿沼澤、鮮為人知的小島，但只要偉大的毛屁股的鞋子埋在沼澤裡，毛流氓部族就會一直住在那座島上。

沼澤盜賊戰士、神楓與大胸柏莎站在老媽號甲板上，朝南方的沼澤盜賊領土航行，她們也高聲歌唱，歌聲隨著她們和藍鯨號的距離拉遠，變得越來越小聲：

「勇敢戰鬥的胸部所向披靡，
絞殺狂風的髮辮所向無敵，
盜竊沼澤的手指動作精細，

「……沼澤盜賊……齊心……協力！」

小嗝嗝沒有加入合唱，他站在藍鯨號甲板上目送遊隼號漂遠，沒牙趴在他頭上睡覺，風行龍站在他身旁。遊隼號載著超自命不凡往**西方**航行，前往新的陸地、新的冒險，小嗝嗝相信以後一定會聽到新的英勇事蹟與英雄故事。

即使遊隼號航行得很遠，成了天邊一個移動的小點，小嗝嗝還是隱約聽到超自命不凡走音的歌聲：

「英雄不畏冬季暴風
它能帶他飛速航行
即使失去一切，即使精疲力竭
英雄還是會永遠戰鬥下去！」

超自命不凡將重新踏上英雄的旅程。

洞中老翁

數小時後，一名老翁坐在深不見底的洞穴。

他遠遠聽見火山爆發的聲音，宛如遠方的雷雨，但在洞裡的他看不見外頭發生的事。

他坐在黑暗中，祈禱一切恢復正常。

拜託，讓一切恢復正常……拜託，讓一切恢復正常……拜託，讓一切恢復正常……

他靜靜坐在那裡，坐了好幾個小時。

然後，一個燦笑著的男人與一個燦笑著的男孩，從上方那一圈藍天探頭進來，老翁終於鬆了一口氣。

男孩說：「外公，你可以出來了。我就說我會讓一切恢復正常吧！」

「我就知道你做得到。」老翁終於能說話了。「至少……我應該知道吧……」

男孩扶著他爬上梯子，回到光明的世界。

最後的維京英雄小嗝嗝・何倫德斯・黑線鱈三世的後記

人類的心不是冰冷的石塊。

為此，我要感謝索爾。

人類的心即使碎裂也能癒合，繼續鼓動。

我一直沒對母親提起超自命不凡的事，她也一次都沒說過他的名字。

母親冒險回來後，父親繞著她興奮地說起火山的事，他說：「蠻荒群島差點被那些可惡的滅絕什麼東東消滅了，我親愛的小瓦爾啊，如果妳那時候也在這裡，就能把牠們打爆了。那時候很需要妳的幫助，不過我們想到妳常說的那句話：『永不投降！』我們沒有投降，小嗝嗝你說是不是？」

我仔細觀察母親的神情，父親說到大家都以為超自命不凡好幾年前就死了，沒想到他會突然冒出來拯救母親唯一的兒子。母親很快地彎腰調整腿上的盔甲。

她調整了好一段時間，抬頭時除了臉有點紅之外十分平靜。她對父親笑了笑，親了親他的臉頰，對他說：「親愛的史圖依克，你說得對，我們就該永不投降。走，去吃晚餐吧。」

多年前，超自命不凡遲遲沒有從熔岩粗人島回來，當時母親是怎麼想的呢？過去的她是否也天天坐在窗邊遙望大海，一直一直等待、一直一直期盼他漂洋過海，回到她身邊？

他卻一直沒有回來。

很多、很多年後，我長成了高大的成人，母親已經是老婆婆了。母親爬上她的馱龍，準備踏上新的冒險，現在她當祖母了，依然堅持穿全套盔甲，所以爬上馱龍時有些不便。

她在龍背上身軀微微搖晃，關節喀喀作響，兩個戰士上前要扶她，反而被她罵：「我**不需要**你們幫忙，我自己一個人也可以騎龍。」

不知道是不是我眼花，但在她不穩地跨上龍背時，好像有什麼掛在脖子上的東西滑下來，在那短暫的瞬間映射陽光——我似乎看見一抹豔紅對我眨了眨眼。

那**好像**是用黃金細鍊掛在母親胸前的半顆紅寶石。

她平時貼身守護的心只在陽光下閃爍片刻，母親在龍背上坐穩後立刻抓起那個東西，塞回盔甲裡放好。

她戴上面甲，皺紋滿布的蒼老面龐消失了，只剩一雙眼睛往外看。歲月並沒有在她眼中留下痕跡，多年前凝視超自命不凡的雙眼，即使到現在依舊是明亮的藍。

「走！」母親熱血地高呼，滿心期盼接下來精采刺激的冒險。她用腳跟一踢馱龍身側，飛上天空。

我看著她身披盔甲的高眺身影直直坐在龍背上，頭盔下的白髮在風中飄揚，長劍穩穩握在手裡。她的背影越縮越小，最後完全消失在雲端，我只聽到一陣風捎來的一聲吆喝：

「上戰場去！」

那是我最後一次看到活著的母親。

那天下午，高齡七十六歲的她在戰場上壯烈陣亡。

我母親真的是位了不起的英雄。

手環

我把母親的半顆紅寶石鑲在金蛇手環的另一隻眼睛裡，心形紅寶石的兩半又合而為一了。

我曾想過，這個是阿爾文戴了十五年的手環，我真的要戴在手上嗎？

但我轉念一想，我和阿爾文的命運密切交纏，糾結得怎麼也無法分開，我把他的手環戴在手上也沒什麼奇怪。

若不是阿爾文將超自命不凡的半顆紅寶石據為己有，瓦爾哈拉瑪和超自命不凡就不會心碎了。

我母親也不會和我父親結婚。

而我——小嗝嗝——也**不可能出生**。

而在命運的安排下，我——小嗝嗝——成了阿爾文一生的死對頭，換句話說，阿爾文多年前做的壞事，造就了宿敵的誕生。

你看，正與邪就是這樣密不可分，扭曲難懂。

就像纏在手臂上的黃金龍手環。

當年，鑄金技術比歌唱能力強太多的超自命不凡被囚禁在熔岩粗人島鑄劍監獄，出於錯誤的愛情與感激，做了如此精美的金龍手環。

現在，手環纏繞在我的手臂上，閃亮龍翅收在身後，彷彿隨時會展翅高飛。兩顆紅寶石眼睛鑲在黃金裡，原本的淚滴形狀成了歡笑的雙眼。

它時時刻刻提醒我，即使在最黑暗的時刻，人們還是能創造美好的事物。

那條手環，我戴了一輩子。

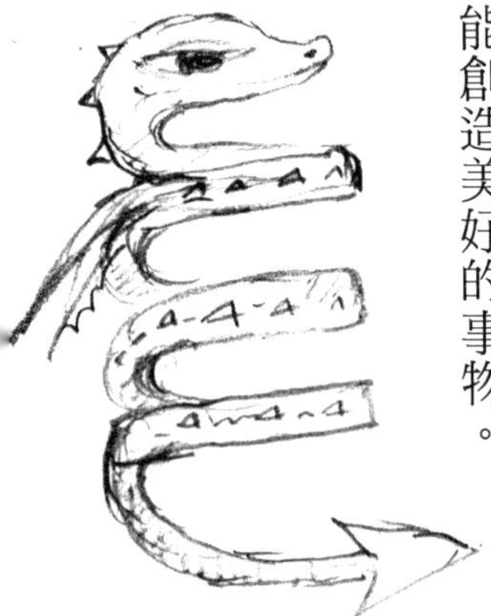

奸險的阿爾文應該真的、真的死透了吧？

即使是阿爾文也無法在熾熱熔岩中游泳，從地核回到地表吧？

應該不可能吧？

我有種不祥的預感，總覺得這個難纏的惡人還會回來……

敬請期待小嗝嗝的下一本回憶錄……

《馴龍高手Ⅵ：危險龍族指南》

國家圖書館出版品預行編目資料

駠龍高手V：滅絕龍與火焰石 / 克瑞希達 · 科威爾（Cressida Cowell）作；朱崇旻譯. -- 1版. -- [臺北市]：尖端出版, 2019. 5
冊；　公分
譯自：How to twist a dragon's tale
ISBN 978-957-10-8543-2（平裝）

873.59　　108003982

奇炫館

馴龍高手V：滅絕龍與火焰石

（原名：How to twist a dragon's tale）

著　　者／克瑞希達・科威爾（Cressida Cowell）
封面內頁插畫／克瑞希達・科威爾（Cressida Cowell）
發 行 人／黃鎮隆
副總經理／陳君平
總 編 輯／洪琇菁
執行編輯／許晶翎
譯　　者／朱崇旻
美術編輯／陳聖義
企劃宣傳／邱小祐、劉宜蓉
國際版權／黃令歡
文字校對／施亞蒨
內文排版／謝青秀

出　　版／城邦文化事業股份有限公司　尖端出版
台北市中山區民生東路二段一四一號十樓
電話：（〇二）二五〇〇－七六〇〇
傳真：（〇二）二五〇〇－二六八三
E-mail：7novels@mail2.spp.com.tw

發　　行／英屬蓋曼群島商家庭傳媒股份有限公司城邦分公司　尖端出版
台北市中山區民生東路二段一四一號十樓
電話：（〇二）二五〇〇－七六〇〇（代表號）
傳真：（〇二）二五〇〇－一九七九

中彰投以北經銷／楨彥有限公司（含宜花東）
電話：（〇二）八九一九－三三六九
傳真：（〇二）八九一四－五五二四

雲嘉經銷／威信圖書有限公司　嘉義公司
電話：（〇五）二三三－三八五二
傳真：（〇五）二三三－三八六三
客服專線：〇八〇〇－〇二八－〇二八

南部經銷／威信圖書有限公司　高雄公司
電話：（〇七）三七三－〇〇七九
傳真：（〇七）三七三－〇〇八七

香港經銷／城邦（香港）出版集團有限公司
香港灣仔駱克道一九三號東超商業中心1樓
電話：（八五二）二五〇八－六二三一
傳真：（八五二）二五七八－九三三七
E-mail：hkcite@biznetvigator.com

新馬經銷／城邦（馬新）出版集團Cite（M）Sdn. Bhd.
E-mail：cite@cite.com.my

法律顧問／王子文律師　元禾法律事務所
台北市羅斯福路三段三十七號十五樓

二〇一九年五月初版一刷

郵購注意事項：
1. 填妥劃撥單資料：帳號：50003021戶名：英屬蓋曼群島商家庭傳媒(股)公司城邦分公司。2. 通信欄內註明訂購書名與冊數。3. 劃撥金額低於500元，請加附掛號郵資50元。如劃撥日起 10～14日，仍未收到書時，請洽劃撥組。劃撥專線TEL：(03)312-4212 ・ FAX：(03)322-4621。E-mail：marketing@spp.com.tw